오늘도 _____、_____ 하늘하늘

오늘도시리즈
여섯번째

오늘도, 하늘하늘

발 행 | 2022-7-14
공동저자 | 신수연 . 라쌤 . 해피피치 . 꽃자리 . 민트초코 . 아트혜봉 . 꽃마리쌤
기획·디자인 | 꽃마리쌤
펴낸이 | 한건희
펴낸곳 | 주식회사 부크크
출판사등록 | 2014.07.15(제2014-16호)
주 소 | 서울 금천구 가산디지털1로 119, A동 305호
전 화 | 1670 - 8316
이메일 | info@bookk.co.kr

ISBN | 979-11-372-8914-7

www.bookk.co.kr

오늘도 ＿＿＿＿＿ 하늘하늘

신 수 연 . 라 쌤 . 해 피 피 치 . 꽃 자 리 . 민 트 초 코 . 아 트 혜 봉 . 꽃 마 리 쌤

오늘도시리즈
여섯번째

작가님들과 21일동안
카톡방에 쓴 글이 책이 되었습니다.

글을 공유하며 서로가 위로가 되어주는
소중한 시간이었습니다.

당신의 . 기록이 . 책이 . 됩니다

쓸수록 힘이 나고,
매일매일 행복해지는
한 줄의 기적

당신의 . 이야기가 . 책이 . 됩니다

차례

×

오늘도 ＿＿＿＿＿＿하늘하늘

신수연 지음

오늘도 시리즈
여섯 번째

PART 1

나에게로

신수연

×

나에게로 초점을 맞춰 바라볼 것.
내 마음 말랑말랑해지도록, 내가 웃을 수 있게.

2022. 6. 21

내가 느끼는 그대로
쓰려고 하면서도

내 머릿속은 여전히
우리 아이들이 차지하는 비중이 커서
고민하지 않아도 될 것 같으면서

어떤 사진으로
어떤 글로
시작할까

시작이니까.
첫 페이지라서.

펜만 끄적끄적.

2022. 6. 22

배밀이로
손이며 옷이며 먼지 다 묻혀가며
못가는데가 없는
8개월 둘째

그럼에도
엉덩이 들고 기는 시도를
끊임없이 시도를 하고
실패해도 또 시도하고

입도 계속 벙긋벙긋
할 수 있는 소리를 계속 내며
누군가 말할 때 그 입모양 관찰
도 빼먹지 않고 같이 벙긋벙긋

붙어져 있는 거 떼내고
바닥에 보이는 물건 집고
의자에서도 집었다 떨어뜨리고

앞니 두개 났다고
토마토며 파프리카며 사과며
쥐어주면 껍질 뜯어
맛있다는 듯 즙을 얌얌

많은 성공들을 이뤄내고 있는
너의 요즘.

2022. 6. 23

그런 날.
마음 먹어야만 했고
지금 아니면 나중에는 안 될 것 같은

그래서 일부러 아이들을 맡기고
만남을 가지기로 한 날.

꼭 그런 날은
화장을 해도
평소 보이지 않던 피부 잡티가 보이고
없던 트러블이 생기는 것 같고
머리스타일도 마음에 들지 않는다.

하필 장마가 시작되는
습도 높은 더운 여름 초기

예전 같으면
급하게 옷을 사 입거나
약속 전 헤어샵에 들러 머리를 손질하
기도 했는데

오늘은
자연스러움에 맡기기로 했다.

사실 이상할 것도 없는
이게 난데.

2022. 6. 24

2주 전 부모가 참여하는 유치원 행사로
손모내기 체험이 있었다.

멋진 아빠 모습을 보여달라며
남편을 오프 쓰게 하여
버려도 되는 옷에 긴 양말로
진흙속으로 발을 디디고
안내에 따라
일렬로 다 같이 서서
못줄의 빨간 리본 지점에 맞춰
3-4개의 모를 집어
직접 손으로 심었던.

기차를 타고 가며 보이는
모내기가 다 되어진 논을 보니
새삼 그때의 기억이 떠올라 미소 한 번.

정렬되어 심어진 모들이 예뻐보인다.

요즘 기계로 작업할수 있다는건 다행
인건지.
예전에는 얼마나 힘들었을지.

경험이란 이렇게
시야를 다르게 한다.

2022. 6. 28

바닥분수만으로도
저렇게 신나하는 5세 아들.

"엄마, 이것 보세요."

"어, 그래."

그늘을 찾아 앉아서
가만히 지켜보며 눈 한번씩 맞춰주는
여느 부모들처럼 나도 그렇게.

당연한 건 아닌데.

순간을 늘 같이 하고 싶은 아들은
어떻게 생각할까 궁금해졌다.

어른이라서.
어른이 되면.

한편으론 부럽다.
너의 지금.

2022. 6. 26

체크인을 하고 들어온
혼자만의 이 공간
지금,
낯설다.

아이를 낳고 난 후로는
혼자인 적이 없었다.

마음이 불편한 건 아니다.
어쩌면 약속때문이 아니라
이 시간을 가지려고 여기 있는 건지도.

남편에게 전화가 왔다.
궁금한가보다.
평소 잘안하는 영상통화를 해서일까

그냥 맘편히 순간을 느끼다 가야겠다.

잠이 안 올것 같다.
잠들면 안될것 같다.

2022. 6. 27

이쪽으로 와
조심히
거기 말고
천천히

난 너의 발을 보면서 얘기하고

너는.

발 아래 바닷물이 드나드는 것을 보며
멈춰 서 있다.

2022. 6. 28

아들에게는 고모할머니인 댁에
다녀온 후로
한번씩 하는 얘기.

"우리집에도 계단이 있었으면 좋겠다.
밖에 있는거 말고 안에."

2층으로 지어진 주택,
계단 오르내리며 이방 저방
다니는 것 자체가 재미있었을까.

처음 간 낯선 곳인데도
혼자서 2층에 올라가서는 한참 내려
오지 않더니.

2층 어느 방의 천장은 밤하늘이
보이게 되어 있었고
넓은 창문으로는
초록초록한 풍경으로
눈이 편안해지는 곳이기는 했다.

지금 살고 있는 아파트의 창문으로는
볼 수도 느낄 수도 없는.

이제는 여행다니면서
머물렀던 곳에 대해
얘기하기 시작한다.

2022. 6. 29

처음으로 둘째까지 맡기고
다녀 온 다음날,

친정에서 마주한 둘째의 눈빛.
한참을 기다리고 기다리다가
체념했다가 보게된 듯
눈을 깜박이며 생각하더니
온몸으로 반가워하는.

하원하면서 마주한 아들,
활짝 웃으며
"보고싶었어요.
 어제 아빠랑 밥도 잘 먹고
같이 잘 잤어요."
자랑스레 씩씩하게 잘 보냈다고
얘기하는.

그렇게 혼자 있고 싶었는데.

아이들 얼굴을 보고 있는 순간만큼은
한없이 맘 편한 시간.
지나가버리면 다시 안 올.

2022. 6. 30

요즘 부쩍
둘째의 시선은
첫째에게로만.

첫째가 가지고 놀다가 놔둔 물건을
꼭 지켜보고 있다가 가서
만져보고 입에 대고 하다가
첫째가 가져가버림에
울음을 터뜨리는 일이
반복되어도

첫째가 먹는 것,
만지고 가지고 노는 것,
하는 행동 다
따라하고 싶어.

아직은
기는 것도, 먹는 것도
마음대로 할 수 없어
답답하기도 하지만

만지고 싶었던 것을
손에 쥐게 되었을 때는
그 순간의 기쁨으로
혼자서 웃는다.

2022. 7. 1

스스로 운동도 하고
식습관도 잘 챙긴다고
건강하다고 자부하지만

출산, 육아하면서 생기는
목이나 허리 척추, 골반틀어짐,
어깨 굽어짐 등등
알면서도 피할 수 없는.

아프면 병원가야한다고
초기에 가야 치료도 쉽다고
그렇게 아이에게도 엄마에게도
매번 얘기하면서

정작 나는 참고 참았다.

병원에 일을 하고 있을때도
나 치료할 생각은 안하고 있다가

참을 수 없는 통증이
지속되어져서야
병원에 갔다.

진료를 보면서 생각했다
조금만 더 일찍 올 걸.

목이 길어 슬픈.
한번씩 목, 어깨 통증은 있었다.
알면서 병을 키운 셈이다
그렇게 키워 온 통증이 한번에 치료될
리 없다.

혼자가 아니기에
간단하지가 않다.
혼자가 아니라서
생각이 또 많다.

아프지 않게
잘 챙겨야겠다.

2022. 7. 2

민들레를 발견했다.
봄에만 피는 줄 알았는데.

반가움도 잠시.
첫째가 홀씨 날리려고 후후

꽃이 아프겠다, 꺾으면 안되지
그러다가도

그 입모양이 귀엽다.

언제쯤 안꺾을까
언제까지 그 관심 이어질까

2022. 7. 3

문득

둘째 태어나기 전에는
자려고 나란히 누우면
"우리 얘기할까?!"
첫째가 먼저 그랬는데

둘째와 함께하면서
시간 맞춰 재우는 거에 급급해
받아주지 않아서인지
말을 잘 걸지 않는 첫째.

그래서
내가 먼저
"우리 얘기하면서 잘까?" 했더니

"그래, 좋아."

이내
"엄마, 사랑해. 우리 행복하게 살자.
엄마, 행복해."

행복이란 단어가 오랜만이다.
어디서 들은 걸까?

"그래, 엄마도 우리 아들 사랑해.
행복하게 살자. "

2022. 7. 4

저녁 먹은 후
산책 중에

내가 한바퀴 공원 돌고 온 동안
자유롭게 놀아라 했던 첫째

놀래켜주려고 찾아보니
그새 엄마 찾아 저 멀리

눈 마주치자
두 손 흔들며 뛰어오는 아들

엄마 보여주려고 했다며
민들레와 토끼풀 몇 개

"어디 갔었어?"
"엄마한테 이거 선물해주려고."
"우와, 민들레랑 토끼풀을 발견했네.
고마워, 아들"

그 마음이 감동스러워
아들 머리 쓰담쓰담

매일 매일의 감동

내 아이들.

2022.7.5

콧물이 계속 흐른다 싶은
둘째날 밤.

이렇게 울어도 될까 싶을 정도로
우는 아이

신생아때도 안그랬는데

콧물이 차서 불편해서 일까
약이 안드는건지 원망도 되고

변을 못봐서 장이 불편해서 일까
괜히 배를 문질문질해보고

잠오면 손을 빨기는 하지만
배고픈건지 분유타서 입에 대보기도
하고

더 자라려고 성장통일까

이렇게까지 울어야겠니 싶어서
엉덩이 툭툭.

오늘 하루 너무 서운했던 거
쌓인 것들 풀려고 우는 걸까

서운해서 속상했으면
그저
엄마가 미안해.
토닥토닥.

차라리 놀자.
앉혀서 장난감 탐색.

자긴 할거니
싶었는데
새벽4시가 넘어서야
잠드는 아이.

"사랑해."

26

2022. 7. 6

솔직하게
내가 생각하는 데로
써 내려가면서도

수만가지
그 순간의 감정 중에서
고르고 골라

표현하여
나를 드러낸다는 것은
쉽지 않다.

솔직하게
정말 솔직하게라는 말의 진실.

2022.7.7

오랫만에
요란한 소리와 함께
비가.

첫째는
천둥치나 볼래
번개나오나 볼래.

긴장했다가 풀었다가
눈 동그래진 둘째.

서로 서로
눈치보며
자기 자리 유지하기.

2022. 7. 8

아이가 먹는 건
똑같은 음식보다
조금은 맛이나 시각적으로
변화를 주어가며
먹이려고 애쓰는 편이다.

그럼에도
주는대로 맛있게
잘 먹을거라는 건
나 혼자만의 상상

음식의 향부터
매운지, 후추맛이 많이 나는지,
질기다던지, 바삭한지, 쫄깃한지
그 식감까지 얘기하는
너를 보며

라떼는 말이야
하며 말하고 싶다가도

5세아이다. 그래.
그렇게 느끼는 것이 틀린 건 아니니
까.

유치원에서는
혼자서도 싹싹 잘 비워 먹는다 하고
먹을 수 있는 것이
하나씩 늘어가고 있다는 것만으로
도
훌륭해라며 혼자서 되뇐다.

2022. 7. 9

자고싶어도 누워있을 수 없고
얼굴 마주보며 웃어 줄 힘이 안나서
또 나섰다. 두 아이와 셋이서.

첫째에게는 늘 한번씩 갔던 키즈까페
둘째에게는 처음같은 두번째 방문.

기어다니는 것이 능숙해지고
낯선 곳에 대한 두려움이 줄었는지.
말 걸어주는 언니들에게 잘 웃고
친오빠에게만 가던 시선도 다른아이
들 보느라 바쁜 둘째.

늘 같이 놀아줘서 인지
혼자서 놀려고 하니 신이 안나는지
한바퀴 돌고 난 후
슬라임만 1시간 넘게 하는 첫째.

3시간 가까이 잘 보낸 것에
다행이다 싶다가도
첫째에게 맘이 계속 쓰이는건.

둘째는 쿨쿨 잘 잔다.

아들, 뭐 먹고 싶어?!!

2022.7.10

물고기든 다슬기든
잡고 싶다는 아들의 말에
간 계곡.

물고기가 너무 빠르다며
하트모양 돌멩이만 줍고 있는 아이.

무언가 잡아주고 싶어
잘 모르면서 물 속을 한참 노려보며
돌을 들쳐보다가
도룡뇽 발견!
아이아빠가 가재도 발견!
뿌듯함도 잠시.

아이와 함께 오는 사람마다
한결같이
자기만의 생각에 따라

돌을 들쳐본다.

내 눈엔 안보였는데
다들 가재며 물고기며 잘 잡더라.
어떤 생물이든 남아날까 싶을.

아이가 다행히 집에 갈때는
보내주어야 한단다.
옆에 잡고 있는 다른 친구에게 줄까?

아니.

그래, 또 잡히지 말라고
잘 숨을 수 있게 도와주자.

2022. 7. 11

찰박찰박
물이 길게 고인 곳
한참을 왔다 갔다

엄마도 해 볼래?

다음에
아들처럼 장화 신으면 해볼께.

괜히 신발을 핑계 대본다.

끄적끄적
낼 마트 가서 살 것.
다크초콜렛과 와인 한 병.

오늘 하루도 감사해

신수연

오늘도 ＿＿＿ᵕ＿＿ 하늘하늘

라쌤 지음

ᵕ
오늘도시리즈
여섯 번째

PART 2

전지적 과학 시점으로

바라본 세상 3,

한 줄 메시지를 담다

라 쌤

×

생활 속에서 마주하는 모든 것이 과학과 연관되어 있다. 과학의 현상과 원리를 이해하기 쉽게 이야기로 전해준다. 또한 과학 현상을 삶에 적용하고 사색하며 한 줄 메시지를 담았다.

이 글을 읽는 모든 이에게 과학적 시점으로 따스한 사랑과 희망을 전하며, 응원하고 싶다.

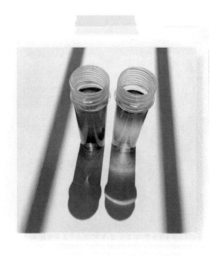

2022. 6. 21

물로 차곡차곡 무지개 액체 탑을 쌓을 수 있을까?
물질마다 가지고 있는 특성인 밀도를 이용하면 가능하다.

같은 부피의 물에 설탕의 양을 다르게 넣어 녹이고, 색소도 넣는다.
시험관이나 긴 관에 설탕이 많이 용해된 밀도가 큰 설탕 용액부터 천천히!
긴 관을 살짝 기울여 조심스럽게!

색이 다른 두 용액의 경계면은 조금씩 색이 섞이고, 각 층마다 뚜렷한 색을
나타내서 무지개 물 탑을 만들어낸다. 각 경계면의 색의 조화가 이루어내는
은은함이 있기에 자연스러운 무지개가 된다.

너무 힘을 주어 용액을 넣거나 흔들면 색이 순식간에 섞여서 어두운색이 되
어버린다. 자기 영역을 일정량씩 내어주고 서로 받아들여 비로소 아름다움을
만들어 내듯이, 자신을 다른 이에게 기꺼이 내주어 서로 보완하고 연합하여
하나의 완성을 이루어 낼 수 있다.

자신의 고유한 특성도 나타내고, 조화를 이루는 모습이야말로 멋진 삶의 주
인공이다.

-조화가 이루어낸 무지개

2022. 6. 22

천연 염색을 하며 무늬를 만들기 위해 고무줄로 천을 꽁꽁 묶어 염색이 되지 않도록 방염을 한다. 아이들은 저마다 무슨 무늬를 만들지 고민을 하다가 하트와 꽃을 만들고 싶다고 한다.

이 어려운 주문에 나는 똑같은 무늬 말고, '나만의 무늬'를 만들어보자고 말한다. 아이들은 다시 분주해진다. 손수건을 이렇게 접었다가 펼쳤다가 고무줄로 묶었다가 또다시 풀고 묶어본다.

이제는 염료에 담그고 매염제에 옮기고를 몇 번씩이나 반복한다. 어떤 무늬가 만들어질지 기대와 설렘은 힘든 것도 모두 잊게 한다.

저마다 다른 색깔과 무늬를 보며, 미처 생각지도 못한 독특한 무늬에 눈이 휘둥그레지고 함박 웃음꽃을 피우며 탄성을 지른다.

우리도 매일의 삶을 통해 나만의 무늬를 만들어낸다. 힘든 일도 아픈 일도 기쁘고 보람된 일도 행복한 일도 마주하며, 미처 깨닫지 못했던 순간순간에도 우리의 매일은 반짝거리고 있다.

언제나 그래왔던 것처럼 오늘의 무늬를 멋지게 만들어가면 된다.
나만의 무늬를!

-나만의 무늬 2

2022. 6. 23

모터, 전동기의 중심축에 대칭인 추나 프로펠러를 끼우면 작은 진동이 생기고,
비대칭 추를 끼우면 무게중심이 흔들려서 큰 떨림을 만들고 움직이게 한다. 앞
으로도 뒤로도 가고 오른쪽으로 돌고 왼쪽으로 꺾어서 진동 자동차가 잘도 움직
인다.

내 마음의 작은 떨림에도 반응하고 싶다.
소소한 일상에도
작은 기쁨에도
잔잔한 감동에도

다른 이의 큰 진동에도 귀 기울이고 싶다.
밤새워 뒤척이며 말 못 하는 아픔에도
깊은 상처와 흔들거리는 마음에도
큰 노력의 결실을 맺은 그 기쁨에도

크고 작은 떨림에도.

-내 마음은 진동 중 2

2022. 6. 24

시원한 바람이 불어 창가에 달린 스크린이 살랑살랑 춤을 추고, 상쾌한 바람이 방 안으로 들어와 코끝을 간지럽힌다.

이 바람은 어디를 거쳐 이곳에 왔을까?
어느 그리운 사람을 만났을까?
어떤 그리움을 전하고 싶어서 왔을까?

공기의 흐름, 바람은 대기의 온도와 기압 차에 의해 만들어진다. 주위보다 상대적으로 많은 양의 공기는 힘이 센 고기압이 되고, 주위보다 적은 양의 공기는 힘이 약한 저기압 상태가 된다.

고기압에서 저기압 쪽으로 밀고 밀어 불어오는 바람이 코끝을 간지럽히다가 귓가에 속삭인다.

살랑살랑~ ~ 그. 리. 움.
그리움이 맴돌고 간다.

-바람이 전해준 그리움 하나

2022. 6. 28

오르골이나 뻐꾸기시계처럼 기계 장치를 통해 스스로 움직이는 인형이나 조형물을 '오토마타'라고 한다.

서양에서는 무려 기원전 3000년 무렵부터 만들어지기 시작했고, 우리나라는 조선 시대 장영실에 의해 최초의 오토마타인 자격루가 만들어졌다.

물시계인 자격루는 맨 위에 있는 항아리에 물이 다 차면, 아래로 흘러 흘러 다른 항아리에 물이 내려오고, 항아리에 연결된 긴 통에 물이 차오를수록 부력에 의해 잣대가 떠오른다. 잣대는 위로 올라가며 작은 구슬을 굴러가게 하고, 작은 구슬은 큰 구슬을 움직이게 하며, 큰 구슬과 연결된 인형이 나와서 종을 친다.

도미노처럼 연결된 동작에 의해 최종적으로 임무를 수행하는 셈이다.

목표를 이루고 싶다면 세부적인 계획을 세워야 한다. 충실한 과정이 있어야 원하는 결과도 얻을 수 있다. 원하는 꿈이 있다면 도전을 해야만 한다. 그저 생각만으로는 아무것도 이룰 수 없다. 지금 실행해야 한다.

-연속적인 실행의 결과

2022. 6. 26

실외의 미세먼지로 인해 창문을 자주 열지 못할 때가 있다. 맛있는 요리를 할 때 가스레인지에서는 일산화탄소가 나오고, 청소기를 작동시켜 청소할 때는 미세먼지가 배출되고, 화학 물질로 된 건축자재에서는 폼 알데하이드가 나와 실내 공기가 실외보다 더 안 좋을 때도 많다.

그래서 사람들은 공기청정기를 사용하거나 공기정화식물을 키우는 등 건강하고 쾌적한 환경에 관심을 기울인다.

공기정화식물이 알려진 것은 환기도 시킬 수 없는 완전히 밀폐된 우주선 내부의 오염된 공기를 해결할 방법을 찾기 위해 NASA에서 식물의 종류와 오염물질을 다르게 해서 연구한 결과이다.

식물의 잎은 광합성과 증산작용을 한다. 공기 중에 떠다니는 오염물질과 먼지를 식물의 잎이 흡수하고, 식물의 뿌리에서 흡수한 물이 줄기를 통해 잎에 도달한 물을 증산작용으로 다시 밖으로 배출한다. 증산작용에 의해 식물 내부는 주변과 기압 차가 생기고, 잎에 흡수한 오염 물질은 줄기를 통해 땅속으로 이동한다. 고맙게도 이것을 미생물이 분해한다.

공기 속의 미세먼지와 오염물질을 흡수하는 공기정화 식물과 분해하는 미생물의 도움을 받는 우리, 우리도 누군가의 도움을 받고 누군가에게 도움을 주며 살아가는 존재임을 자연 속에서 배운다.

-자연과 더불어

2022. 6. 27

액체와 기체에서의 열이 전달되는 현상을 대류라고 한다. 액체인 물을 데우면 아랫부분의 따뜻한 물은 가벼워져 위로 올라가고, 위쪽의 차가운 물은 상대적으로 무거워서 아래로 내려오고 이런 과정이 반복되어 전체가 뜨거워진다.

겨울철 난로를 피우면 난로 주변에 있는 데워진 공기는 가벼워져 위로 올라가고, 올라간 공기에 밀려 위에 있는 차갑고 무거운 공기는 아래로 내려온다. 이러한 순환을 통해 공간 전체가 따뜻한 온기로 채워진다.

대류현상을 이용해 난로는 아래쪽에 에어컨은 위쪽에 설치하면 열의 효율을 높일 수 있다.

가볍게 마음과 생각을 확장하며 위로 올라가고, 무겁지만 듬직하게 있어야 할 그 자리를 꼭꼭 채워가는 것 또한 중요하다. 위로 올라가고 아래로 내려오고, 그래야 전체적으로 따스하게 뜨겁게 퍼져나갈 수 있다.

-위로 아래로 뜨겁게!

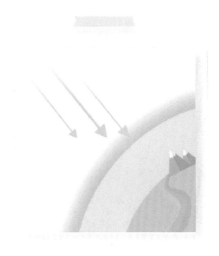

2022.6.28

지상으로부터 약 10~50km 높이의 영역인 성층권, 성층권에는 오존 기체가 존재하는 오존층이 있다. 오존은 불안정하고 독성이 강한 분자지만, 태양에서 나오는 자외선을 차단해 주는 지구상에 살아가는 생물들에게 꼭 필요한 기체다.

그런데 오존층이 점점 얇아져서 구멍이 생기고 있다. 사람들이 사용하는 프레온 가스가 주범으로 대기오염을 시키고 있기 때문이다. 에어컨과 냉장고의 냉매, 발포성 단열제의 충전제로 쓰이는 프레온 가스는 성층권까지 올라간다. 오존 기체와 만나 화학반응을 일으켜 오존층을 파괴한다. 얇게 얇게 홀을 만든다.

오존 홀은 얼마나 될까?
대략 미국 면적이라니 놀랍기만 하다. 다행히 남반구 봄철 9~10월에는 얇아지고, 11월엔 회복되기도 한다. 하지만 지구로 흡수되는 자외선의 양이 점점 증가하고 있으니 심각한 문제다.

더운 여름철이지만 마음대로 에어컨을 킬 수가 없다. 관공서나 기업체, 사무실은 에어컨을 너무 세게 오래 틀어놓는다. 시원해서 좋은 것보다 더 큰 피해를 가져오기에 마음에 큰 부담을 느낀다.

-오존층 생각

2022. 6. 29

6월 말부터 7월 중순까지 지속되는 장마철이 시작되었다. 성질이 서로 다른 공기 덩어리인 기단이 둘이 만나 서로 섞이지 않고 경계면을 이루었다.

두 기단, 북태평양 기단과 오호츠크해 기단은 서로 온도 차이는 있지만 습한 성질을 갖고 있다. 서로 동서로 길게 뻗어 이동하지 않고 머물며, 장마전선인 정체전선을 만들고 세력 다툼 중이다.

서로 밀고 밀려 오르락내리락하며, 잠시 맑았다가 집중호우를 쏟아붓기도 하고 이슬비를 내리기도 한다. 북태평양 기단이 오호츠크해 기단을 완전히 밀어 북상을 하면 드디어 긴 장마가 끝이 나고 무더운 한여름 날씨가 시작된다.

사람들의 관계도 성격이 다른 사람끼리 만나면, 서로 다른 두 기단처럼 조화를 이루지 못하고 서로 경계를 이룬다. 자신의 주장만 내세우다 보니 서로 아픔을 주고 성장하지도 못한다.

서로 마음을 열고 내어주고 밀어주고 도와준다면, 굵은 경계선은 허물어지고 집중호우와 큰 피해에서 벗어나 맑고 화창한 날들이 될 것이다.

-장마전선에서 벗어나면 해맑음

2022. 6. 30

여름철은 자외선을 피해 갈 수 없다. 오늘 대부분 지역에는 자외선 지수가 높거나 매우 높았다.

연구에 따르면 인간의 생애 초기 20년 동안 햇빛에 노출된 양에 따라 향후 피부암 발병에 크나큰 영향을 끼친다는 글을 읽었다. 특히 어린아이가 자외선에 노출되어 화상을 입게 되면 피부 암에 걸릴 확률이 2배로 높아진다니, 휴가지에서나 야외활동을 할 때 어른들의 특별한 보호와 관심이 필요하다.

강렬한 태양이 내리쬐는 바닷가에서 수영을 하는 아이들은 시원한 파도에 몸을 맡기고, 물 만난 물고기처럼 신이 나서 좀처럼 나올 줄 모른다.

수영복 자국이 그대로 속살은 뽀얗다. 피부는 UV-A를 흡수해 그을려 벌겋게 달아올랐다. UV-A는 피부 면역체계에 작용해 피부 노화와 피부를 손상시키고, 피부암 발생 위험도 있다. UV-B는 오존층에서 대부분 흡수하지만 일부는 지표면에 도달해 우리의 피부를 태우고 피부 조직을 뚫고 들어가며 피부암 발생의 원인이 된다. UV-C는 염색체 변이와 눈의 각막을 손상시키고 생명체에 해롭지만, 다행히도 오존층에서 모두 차단한다.

자외선 차단제, 피부를 가리는 헐렁한 옷, 챙이 넓은 모자, 선글라스가 필요한 여름!

-UV-A.B.C

2022. 7. 1

인류는 자연을 모방하고 연구해서 과학과 기술을 더욱 발전시켜 왔다. 생물체가 갖고 있는 모습이나 다양한 특징과 기능을 모방하고 응용한 기술을 '생체 모방'이라고 한다.

몇 가지 예를 들면, 레오나르도 다빈치는 하늘을 나는 새를 보고 오니톱터를 설계했다. 주성분이 탄산칼슘인 아주 단단한 전복 껍데기의 구조를 연구해서 탱크와 방탄복이 발명되었고, 물에 젖지 않는 연잎의 특성을 통해 방수 페인트와 방수 옷감, 청소가 필요 없는 유리창도 개발되었다. 수중으로 전해져오는 초음파를 잘 감지하는 해파리는 귀로 폭풍우가 발생하기 무려 10~15시간 전부터 알아차리고 안전한 곳으로 이동하는데, 이러한 해파리의 귀를 모방해 약 15시간 전에 폭풍우가 어느 방향으로 올지 예측하는 재해 예보 장치도 발명되었다.

생체 모방 발명품 뿐 아니라 생체 모방 로봇도 있다. 위험한 사고 현장에 사람 대신 투입되어 인명구조를 하고, 무거운 짐을 옮기고 집안일도 해주는 로봇이 그 예이다.

모방은 창조의 어머니라고 했던가. 참으로 모방의 힘은 크고 놀랍다. 어떤 행동이나 사물을 관찰하여 배우고, 깊은 사고와 연구 과정을 통해 응용함으로써 인류의 발전은 물론 편리한 생활과 경제적 가치도 창출하게 되니 말이다. 자연에서 배우는 겸손함과 꾸준히 연구하는 자세는 중요하다.

-모방의 힘

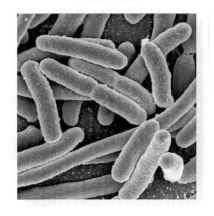

2022. 7. 2

우리의 신체 중 가장 가장 많이 사용하는 손에는 얼마나 많은 세균이 존재할까?

무려 4만~460만 개의 세균이 존재한다니 그만큼 손을 많이 사용하므로 유해 세균과 접할 기회가 많기 때문이다. 특히 엄지손가락과 손톱 밑에 가장 많이 존재한다. 세균을 없애기 위한 방법 중 가장 경제적이고 효과적인 방법은 비누로 손을 씻는 것이다. 우리 피부는 산성을 유지하기 때문에 중성 비누를 사용해서 산성을 유지시켜 주는 것이 좋다. 만약 알칼리성 비누를 사용하면 피부가 중성화가 되어 더 많은 세균들이 번식됨을 기억하자.

우리 손과 아주 친한 핸드폰 상황은 어떨까?

세균이 많은 손으로 들고 다니는 핸드폰은 변기보다도 10배가 넘는 세균들의 번식지이며 놀이터이다. 식중독을 일으키는 황색 포도상구균, 장염을 일으키는 포도상구균과 살모넬라균, 설사와 대장 출혈의 원인인 대장균 등 각종 세균이 득실거린다.

따라서 핸드폰을 알코올 솜으로 닦거나, 면봉에 과산화수소를 묻혀서 잘 닦고, 화장실에는 절대 들고 가면 안 된다.

덥고 습한 여름철엔 각종 전염병이 발생할 확률이 높아진다. 손을 올바른 방법으로 자주 씻고, 핸드폰을 소독하는 등 적극적인 방법으로 개인위생을 습관화해서 건강하고 슬기로운 여름을 지내면 좋겠다.

-세균이 좋아하는 내 손과 핸드폰

2022. 7. 3

식물의 줄기는 식물의 몸을 지탱해 주는 역할을 한다.

줄기에는 길이 나있다.
물이 지나가는 길, 물관은 뿌리에서 빨아들인 물과 무기양분이 이동하는 길로 아래에서 위로, 잎으로 쭉 연결된다. 영양분(유기 양분)이 지나가는 길, 체관은 잎에서 만든 영양분을 아래로 또 옆으로 이동시킨다.

줄기는 여분의 양분을 저장하기도 한다.

줄기처럼 전체를 지지할 수 있는 버팀목이 되고, 줄기의 길처럼 막힘없이 어디든 가고, 어느 누구와도 통하고 싶다. 내 힘이 필요한 곳에 기꺼이 에너지를 전달해 주고, 나를 돌보고 사랑하는 일에도 애쓰자.

-통하는 삶

2022. 7. 4

공기 중을 떠다니는 수많은 물질 중에서 특별한 냄새를 내는 물질이 코 안쪽에 닿으면 우리는 냄새를 느낄 수 있다.

많은 냄새 중에서 기분을 좋게 하는 것은 향기이고, 기분이 나빠지게 하는 것을 악취라고 한다.

냄새 분자가 확산(퍼져나가는) 되는 속도는 온도에 따라 다르다. 온도가 높을수록 기체 분자의 확산 속도가 빠르기 때문에 여름철에는 냄새에 더 민감하게 반응한다.

방 안이나 차 안에 좋은 향기를 퍼뜨리는 방향제, 옷장이나 냉장고 등에서 나는 나쁜 냄새를 제거하기 위해 사용하는 것은 탈취제이다. 악취의 근본이 되는 냄새를 제거하고 좋은 향기를 뿌리는 등 용도에 맞게 탈취제와 방향제를 사용한다면 생활공간을 쾌적하게 할 수 있다.

마음에도 좋은 향기를 뿌려보자. 기분 좋은 향기가 가득 넘쳐나서 나도 모르게 표정으로 밝은 미소가 번진다면, 나를 바라보는 사람들의 마음의 향기에도 영향을 줄 것이다. 신선한 향기, 예쁜 마음의 향기를!

-마음의 향기

2022.7.5

어느 쪽으로도 기울어지지 않고 평평한 상태를 유지하는 것을 수평이라고 한다. 물체의 어떤 지점을 끈으로 매달거나 받치면 수평이 되는데 이 점이 무게중심점이다.

어릴 때 갖고 놀던 오뚝이가 넘어져도 항상 벌떡 일어났던 이유는 무게중심을 잘 잡았기 때문이다. 무거운 곳은 아래로 향하고 가벼운 곳은 위로 올라간다.

나무 꽃게가 비스듬한 경사면을 따라 옆으로 걸어내려온다. 물체의 위치에 따라 무게중심이 달라지기 때문에 조금만 벗어나도 불안정해진다.

우리 삶에도 순간순간 무게중심을 잘 잡아야 할 때가 온다. 비스듬한 인생길에서 기우뚱거려 아래로 쏠려 넘어지려고 한다면 위쪽 큰 집게에 무게를 더해주고, 내려오는 속도가 너무 느리다면 무게를 가볍게 해서 빠르게 내려오자.

무게중심을 잡는 꽃게처럼, 내 인생의 무게중심 잡기도 성공!

-내 인생의 무게중심

2022. 7. 6

빛이 곧게 나아가다가 불투명한 물체를 만나면 빛이 통과하지 못해 물체의 반대쪽에 그림자가 생긴다.

그림자가 생기는 것은 바로 빛의 직진 현상 때문이다. 투명한 물체를 만날수록 빛이 통과하여 그림자가 흐려져서 거의 나타나지 않는다.

빛과 그림자, 밝음과 어두움
우리의 삶은 언제나 양면을 맞이하게 된다.
밝게 빛나는 아름다운 순간들, 잊을 수 없는 소중한 일들이 있는가 하면, 헤어나지 못할 것 같은 어둡고 긴 터널도 만나고 아픈 이별과 고통의 시기도 있다.

그 시기를 잘 견디며 자신을 다독이고 살피며 들여다보고 사랑한다면, 다시 밝고 아름다운 빛들의 조화를 이룬 일들을 만나게 된다. 모든 것들이 그저 지나가고 떠나간 것이 아닌, 내 마음의 반짝이는 별로 사랑의 별로 남아있기에.

-빛과 그림자, 내 마음의 반짝이는 아빠 별

2022.7.7

빛이 곧게 나아가다가 거울에 부딪히면 다시 튕겨 나오는 현상을 반사라고 한다.

두 개의 거울 사이에 물체를 놓으면 거울 사이에 있는 물체가 끝도 없이 반사되어 보이는데, 이것은 하나의 거울에 비추는 모습을 다른 거울이 비추는 것을 계속 반복하기 때문이다.

표면이 매끄러운 그릇이나 잔잔한 물은 다른 물체의 모습을 잘 비추지만, 울퉁불퉁하거나 출렁거리는 물에는 물체의 모습이 잘 보이지 않는다.

마음이 매끄럽고 잔잔하여 다른 이의 마음을 잘 비춰주고 알아주었으면 좋겠다. 마음이 예민하고 출렁이는 물과 같으면, 다른 이의 마음뿐 아니라 내 마음을 나도 모를 것이기에.

-마음의 반사

2022. 7. 8

보글보글 국이 끓다가 순식간에 국물이 넘쳐흘러 가스레인지 불꽃에 닿는다.

앗! 불꽃색이 노란색으로 변한 이유는 뭘까?

금속이나 금속을 포함하고 있는 물질은 겉불꽃 속에서 특정한 불꽃색을 내는데 이러한 현상을 '불꽃반응'이라고 한다.

국물에 녹아 있는 나트륨(Na)이라는 금속이 불꽃 속에서 노란색을 띠기 때문에 가스레인지 불꽃이 노랗게 변한 것이다.

금속은 종류마다 다른 불꽃색을 나타낸다. 이런 불꽃 반응을 통해 물질에 어떤 금속이 포함되어 있는지 알아낼 수 있다. 나트륨(Na)은 노란색, 칼슘(Ca)은 주황색, 칼륨(Ka)은 보라색, 구리(Gu)는 청록색이다.

금속들이 특정한 불꽃색을 나타내는 것처럼, 사람들마다 자신의 특성을 갖고 있다. 자기의 아름다운 빛깔을 당당하게 드러내고, 다른 빛들과도 조화를 이룬다면 얼마나 예쁠지 상상해 본다.

-불꽃처럼

2022. 7. 9

물과 같은 액체가 아주 좁은 틈 사이로 스며드는 현상을 모세관 현상이라고 한다. 물이나 주스가 담긴 컵에 빨대를 꽂으면, 컵에 들어있는 물 높이보다 빨대 안에 들어간 물의 높이가 조금 더 높은 것을 볼 수 있다. 주스가 가느다란 빨대를 따라 위로 이동했기 때문이다. 더 가느다랄수록 물의 높이도 더 높아진다.

빨대와 같이 관 형태로 된 물체뿐만 아니라 천 조각을 물에 담가도 물이 스며들어 올라가는 것도 모세관 현상이다.

가느다란 틈으로 물이 스며올라가듯이 우리의 인생에도 축복이 물 흐르듯 스며들었으면 좋겠다. 축복의 통로가 막히지 않도록 언제나 깨어있기를. 언제나 준비하기를.

-축복의 통로

2022. 7. 10

한 가지 물질로만 이루어진 순물질
a, b, c...

두 종류 이상의 순물질이 섞여 있는 혼합물
a + b = ab

두 종류 이상의 원소가 화학반응을 통해 이루어진 화합물
a + b = c

혼합물은 물질이 서로 자기의 성질을 유지하며 섞여 있기 때문에 처음 상태로 분리가 가능하지만, 화합물은 화학반응을 통해 완전히 새로운 물질로 변해서 처음의 순물질로 분리할 수 없다.

서로 섞이고 언제든 되돌아올 수 있는 혼합물도, 함께 새로운 가치를 만드는 화합물도 언제나 함께이기에 가능하다.
모두 함께!

-together

2022. 7. 11

고흡수성 수지는 자기 무게의 무려 1000배 만큼의 물도 거뜬하게 흡수하는 성질을 가졌다. 이런 성질 때문에 기저귀나 다양한 위생용품뿐 아니라 농업이나 산업 분야에서도 유용하게 쓰이고 있다.

비가 잘 오지 않는 메마른 지역은 물이 아주 귀하다. 땅속을 파고 고흡수성 수지를 뿌리고 흙을 덮어두면, 비가 올 때 그 빗물은 땅속에 있는 고흡수성 수지가 흡수해서 보관하고, 농사에 필요할 때 나누어 사용할 수도 있다.

인류의 문명과 과학, 기술은 언제나 함께 성장한다. 계속적인 연구로 서로 도우며 발전되기를 응원한다.

-문명과 과학

라쌤

오늘도 ____⌣____하늘하늘

해피피치 지음

⌣
오늘도시리즈
여섯 번째

PART 3

Unfadable...
(잊을 수 없는)

해 피 피 치

✕

시간이 가도 잊을 수 없는 순간, 장소, 사람에대한 기억

2022. 6. 21

Unfadable... (#1)

중3부터 20살 무렵까지 편지를 주고받던 친구가 있었다.
어느 날 도착한 그녀의 편지봉투에는 이렇게 적혀 있었다.

"너에게서 맑은 물 소리가 들려..."

이렇게도 곱고 청량한 칭찬을 들려주던 아이는 지금 어떻게 살고 있을까?

삶은 끊임없이
밀려드는 주문 영수증
같은 것

2022. 6. 22

Unfadable... (#2)

웰빙 재료만 쓴다는, 샌드위치 가게에 갔다. 주문하고 앉았더니, 조리대에 서 있는 알바생이 연신 바쁘게 움직인다. 온라인 주문이 밀려들고, 오프라인 주문에 전화주문까지.. 샌드위치 하나 만드는 데도 시간이 꽤 걸려 보이는데, 얼마나 마음이 바쁠까?

계산대에 밀려드는 주문 영수증을 보며 인생도 그와 같다는 생각이 들었다. 하나를 겨우 마치고 숨을 돌려봐도 또 다시 밀려드는 주문처럼 내 삶에도 여러 가지 미션들이 주어졌다. 숨 고를 새도 없이 또 밀려드는 주문..

요즘에는 이 주문들을 모른 체 외면하고 땅속으로 꺼져버리고 싶다는 생각이 든다. 언제쯤 평온함이 찾아올까? 평온한 순간이 존재하기는 할까? 밀려드는 주문 영수증이 머릿속을 맴도는 요즘이다.

2022. 6. 23

Unfadable... (#3)

어릴 때 엄마는 아버지 일을 도우시느라 집에 없는 때가 많았다. 내가 필요할 때 쓰라고, 가계부에 끼워두신 천 원짜리 한 장을 빼어들고 터벅터벅 길을 나섰다.

당장 돌아가시지 않을까 걱정될 정도로 연로하신 할머니가 앉아 있는, 조그마한 구멍가게에서 라면 하나, 계란 하나, 새우깡을 샀다. 가게는 너무 작아 할머니가 앉은 자리에서 모든 물건이 손에 닿도록 세팅되어 있었다.

라면에 계란 하나 톡 깨어 넣어 끓여먹고, 오후 대부분의 시간 혼자 책을 읽었다. 다른 아이들이 학원 갈 시간에 혼자 방바닥에 누워 읽었던, 그 많은 책들이 어쩌면 지금의 나를 만들었는지도 모르겠다.

2022. 6. 24

Unfadable... (#4)

단지 수능 성적에 맞추어 들어간 "교육학과"는 다행히 내 적성과 잘 맞았다. 교사라는 직업을 원한 것은 아니었지만, 심리학에 기반한 과목들이 많았기에 즐겁게 공부할 수 있었다.

그렇지만 교사자격증을 위해, 사범대 4학년이 이수해야 하는 교생실습 한 달의 기간은 꽤나 고달팠다. 승무원이 꿈이었던 나에게 교생실습 한 달의 기간은 그저 치러야 할 의무같이 부담스럽고 힘들게 느껴졌기 때문이다.

해야 하는 일을 할 수 있는 만큼만.. 딱 그렇게 하고 난 후, 우리 반 아이들과 헤어지던 그날이 가끔씩 떠오르면 미안함과 부끄러움이 밀려온다. 병아리 교생선생이라고 좋아해 주던 아이들에게 더 많이 다가갔더라면 얼마나 좋았을까?

사랑할 수 있을 때, 더 잘해줄 걸 그랬어..

2022. 6. 28

Unfadable... (#5)

한참 육아로 지쳐 깊은 피로감에 빠져 있을 때, 호텔 뷔페 앞에 줄지어 놓인 승무원 캐리어를 보았다. 네임텍이 달린 캐리어 위에는 은은한 베이지색코트가 얌전히 걸려 있었다.

누가 봐도 어느 항공사인지 알만한 그 베이지색코트를 보면서, 코트 주머니 안에는 무엇이 있는지 궁금해졌다. 도벽이 있는 것도 아닌데, 가지고 달아나고 싶은 심정이 일었달까?..

그토록 원했던 직업의 그녀는 어떤 생각을 하고 어떤 삶을 사는지 궁금했다. 옷을 훔치면 그녀의 삶도, 그녀의 꿈도 훔칠 수 있을 것만 같은 충동이 일던.. 왠지 속상한 마음에 집에 돌아와 잠을 설치던 그날을 잊을 수가 없다.

2022. 6. 26

Unfadable... (#6)

어떤 날은 생각지도 않은 일로 봉변을 당할 때가 있다. 별것 아닌 통화를 하면서, 혹은 대면을 하면서, 뺨이라도 맞은 듯 화끈거리고 불쾌한 대화를 해본 적이 있는가? 너무 어이없이 화가 나면 귀까지 빨개지고 정수리 끝까지 열이 뻗치는 느낌이 든다.

그는 마치 기다리기라도 한 것처럼 부정적인 에너지를 내뿜는다. 싸우기를 작정하고 달려드는 전사처럼, 태도가 비장하고 삐딱하다. 말이 너무 안 통해서 담벼락과 말하는 듯 답답하다. 그의 대화는 문제 해결에 있는 것이 아니다. "그의 잘못이 아니라 내 잘못이라고 우기면서", 불편하고 불쾌한 감정을 나에게 떠넘기고 싶은 것이다.

부정적 에너지 폭탄을 넘겨받고 싶지 않지만, 하루 종일 생각나고 기분이 안 좋은 걸 보면, 그의 폭탄을 내가 떠안았나 보다. 나는 혹시 누군가에게 부정 에너지 폭탄을 떠밀어놓고 애먼 데 화풀이 한 적은 없는지, 경계하고 생각해볼 일이다.

2022. 6. 27

Unfadable... (#7)

중3 때 내 짝꿍은 조용하고 순하지만 유머러스하고 센스가 있었다. 그녀와 함께 하는 시간은 나에게 큰 위로와 즐거움을 주었다. 아침 조례 시간 담임 선생님을 기다리며, 짝꿍은 항상 나에게 물어보았다.

"짝지야, 내가 노래 하나 불러주까?" (부산에서는 짝꿍을 짝지라고 불렀다^^)

책상에 두꺼운 영어사전을 놓고 머리를 베고 있으면, 자그마한 노랫소리가 귓가를 울렸다. 내 짝꿍은 아주 완벽한 음치 박치였는데, 나는 왠지 모르게 그녀의 노래가 좋았다.

듣고 나면 기분이 좋아지는 이상하게 정감 있는 노랫소리.. 오늘처럼 비 내리는 날에 그 친구가 불러주던 노래가 그리워진다.

그냥 네가 생각났어

2022. 6. 28

Unfadable... (#8)

평소에 친하고 싶고 꽤나 친해졌다고 생각하는 상대에게서 오랜만에 전화가 왔다. 별일이 없어도 당장 달려갈 만큼 반가운 마음이었는데, 통화의 목적이 있음을 알게 되었다. 내가 보고 싶은 게 아니라, 내가 필요해서 전화했다는 사실에 조금 서운해졌다.

"그냥 네가 생각났어.." 1년에 두세 번씩 이렇게 안부를 물어주는 친구가 있다.

고등학교 2학년에 만나, 내 인생의 중요한 순간들을 쭉 지켜본 친구.. 공부는 잘했지만, 생활 머리는 아기 같아 손이 많이 가던 친구.. 언젠가는 각자의 생활을 이야기하다가 울컥한 적이 있다.

"보고 싶다, 친구야.. 근데 우리는 너무 멀리 떨어져 있네 ㅠㅠ" 아이들 다 키워놓고, 함께 여행 가기로 한 약속이 꼭 이루어질 수 있기를 바라본다.

2022. 6. 29

Unfadable... (#9)

나는 유년 시절 내내 피부가 희고 키가 큰 편이었다. 부잣집 모범생처럼 보였는지, 신학기마다 반 아이들과 선생님에게 관심을 받았다. 공부도 운동도 잘하는 아이처럼 생각되었나 보다.

시간이 갈수록 기대보다 못한 내 정체를 알고는, 먼저 보인 관심과 애정을 거두고 떠나가는 아이들과 선생님에게 상처를 받았다. 신학기마다 비슷한 상황이 연출되자, 아침마다 학교에 가는 게 죽도록 싫어졌다.

집에서는 귀염둥이 막내로, 학교에서는 먼지보다 못한 존재감으로 막 대해도 되는 왕따로 이중생활을 했다. 어느 것이 진짜 내 모습인지 모를 정도로 나를 꽁꽁 싸매고 상처받지 않으려 애쓰며 지냈다. 아직도 그때의 나를 생각하면 마음 한편이 따갑다.

2022. 6. 30

Unfadable... (#10)

등교 자체가 죽기보다 싫었던 나, 거북이처럼 등껍질 속에 숨어 다녔던 나.. 하지만 항상 외롭게 지냈던 것은 아니다. 일 년이 끝나고 다음 학년을 올라가기 직전, 나와 한 번도 말을 섞지 않았던 아이가 말을 걸어왔다.

"나 사실은 너랑 친하고 싶었는데.. 우리 다른 반이 되어도, 편지 주고받는 거어때?" 나에게 맑은 물 소리가 들린다던 오랜 펜팔 친구는 그렇게 만들어졌다. 이렇듯 우연히도 만들어진 기억에 남는 펜팔 친구가 네 명쯤 되었는데, 모두 2~3년 이상 편지를 주고받았다.

생각해 보면 학기가 끝나거나 졸업을 할 때에 가끔 듣던 친구들의 수줍은 말.. "나 너랑 친하고 싶었는데.." 한없이 쪼그라들어 마음을 꽁꽁 싸매고 다닐 때에도 나를 좋아하고 지켜보는 친구가 있었다는 것만으로 위안이 되었다.

2022. 7. 1

Unfadable... (#11)

너무 엄격해서 솔직한 대화를 할 수 없는 아빠.. 너무 걱정해서 솔직한 아픔을 나눌 수 없는 엄마... 너무 다른 결의 냉탕과 온탕을 오갔던 어린 시절.. 누구보다 귀여움 받았는데, 존중은 없던 시절.. 누구도 나의 생각을 물어봐 주거나 나의 의사를 반영해 주지 않았다는 생각에, 오랜 시간 괴로워했다.

교만하게도 엄마가 되면 부모님보다 더 잘 할 줄 알았다. 고등교육도 받았고 경 제 상황도 부모 세대보다 월등하니, 모든 게 술술 풀릴 줄 알았다. 아이를 낳아 기른다는 것은 너무나 어렵고 막중하다는 걸 깨닫는데 오랜 시간이 걸렸다.

아이 젖떼는 시기에 육아서에서 하라는 대로 아이에게 "이제 엄마 쭈쭈를 먹을 수 없어, 이제 젖병에 우유를 담아 먹는 거야"라고 했다. 일방적으로 젖 뗄 시기를 결정하고 행동하고, 슬퍼서 우는 아이를 안방에 들여다 놓고 울음이 그치면 나오라고 했다. 그놈의 육아서가 안 그래도 서툴던 나를 버려놓았다. 어설픈 지식은 오히려 나에게 독이 되었다.

2022. 7. 2

Unfadable... (#12)

자동차 벗겨진 곳을 도색해 주는 출장 서비스를 불렀다. 본격적인 작업을 하려면 우리 차를 더 넓은 곳으로 옮겨야 한다고 했다. 그에 대한 정보라고는 자동차에 끼워진 명함 한 장이 다인데, 차 키를 달라는 말에 달랑 쥐 버렸다. 이럴 때만 반응속도가 로켓 수준이다.

내가 직접 운전하면 될 것을 차 키를 쉽사리 넘겨준 것이다. 그가 더 넓은 공간으로 우리 차를 몰고 가는 몇 분 동안, 차를 도난당하는 액션 영화가 연상되었다. 온몸에 소름이 돋았다. 결과적으로 우리 차는 그의 깔끔하고 정교한 작업으로 새것처럼 깔끔해졌다.

다시 볼 사이도 아닌데, 대부분의 상황에서 나는 YES라고 말한다. 마음속에서는 NO 이면서도 쉽사리 솔직해지기 어렵다. 순종적인 태도가 사랑받는 문화권에서 자란 여성은, 보이스피싱에 더 잘 걸린다고 한다. 타인의 권위에 쉽게 위축되고 순종하는 자세가 몸에 배어서이다. 설사 미움받더라도 조금 더 당당하고 솔직한 내가 되고 싶다.

여기에 희망이 있나요?

2022. 7. 3

Unfadable... (#13)

IMF 직격타를 맞고 나자, 안 그래도 마땅치 않던 일자리가 줄줄이 사라졌다. 채용인원이 적어지거나 아예 채용 계획이 사라졌다. 겨우 3차 면접을 통과한 외국계 회사도 채용 약속을 지키지 못하고 무효화되었다.

스펙도 좋고 능력이 좋은 이들은 그 와중에도 좋은 곳을 꿰찼지만, 나는 그러지 못했다. 승무원 면접을 준비하던 이미지로 무역회사에서 인턴을 시작했다. 중소기업치고는 꽤나 규모가 있었지만 그곳의 직원들은 행복해 보이지 않았다. 이곳에 더 있다가는 나도 불행해질 것 같았다.

스트레스가 심해지자, 몸에도 이상이 나타났다. 보름 내내 하혈을 하기 시작한 것이다. 마치 수도꼭지를 튼 것처럼 피가 쏟아졌다. 내 정신으로 회사를 다닌 건지 아닌지 기억조차 나질 않는다. 살려면 다른 곳을 알아봐야 한다는 게 본능적으로 느껴졌다. 다닌지 6개월여 만에 힘들게 구한 첫 직장을 그만두고 백수가 되었다.

2022.7.4

Unfadable... (#14)

새로운 직장을 구하러 나섰다. 직장을 구하면서 의아한 점은, 구직하는 입장에서 직장을 선별할 정보가 없다는 점이었다. 아무리 을이라지만, 나도 회사를 선별할 권리가 있는 게 아닌가? 부산 중심가 작은 호텔 사장실 비서 면접을 보러 간 날이다. 회사 입장에서 그다지 필요 없을 것 같은 개인 정보를 잔뜩 요구하는 이력서를 제출하고, 구직자 여러 명이 함께 사장실에 들어갔다.

사장님은 연세가 많으셨고 배려심이 없어 보였다. 우리 앞에서도 부하직원을 막 대하는 태도가 싫었다. 그가 나를 면접 보듯, 나도 그를 면접 보았다. 지금 일하고 있는 비서 자리에 내가 있는 모습을 그려보니, 앞길이 막막했다. 설사 합격하더라도 골치 아플 것 같았다. 존경할 만한 상사를 만나는 게 얼마나 중요한 데.. 이런 곳에 취직하려고 첫 직장을 그만 둔 게 아니었는데..

면접이 끝나고 인사과에 가서 이력서를 돌려달라고 했다. 원칙상 안 된다는 그에게, 나는 이곳에 구직하지 않겠다고, 내 서류를 돌려달라고 했다. 결국 돌려받은 이력서를 가슴에 안고 돌아왔다. 작고 초라한 개인이지 만 나도 내 상사를 선택할 권리가 있다.

2022. 7. 5

Unfadable... (#15)

두 번째 직장에서는 모든 욕심을 내려놓았다. 원래 야망이 없었지만, 대학시절 내내 꿈꾸었던 공무원을 못 할 바에야 무슨 상관이 있을까 싶었다. 첫 직장보다 아주 작고 무엇보다 파벌이 나뉠 필요가 없는, 여직원 없는 무역회사에 들어갔다. 나이차 많은 상사분들만 계시는 곳에서 비서와 잡다한 일을 함께 했다.

막상 일을 해보니, 겉보기와는 달리 매출 실적 면에서는 앞선 회사보다 월등했다. 깔끔하게 단순하게 일하지만, 결과물이 좋은 곳.. 무엇보다 마음이 편해서 좋았다. 매달 나를 공포에 떨게 하던, 하혈이 멈춰서 좋았다. 몸과 마음이 빠르게 안정을 되찾았다.

맘 편하게 일하려면 무엇보다 그곳의 리더가 닮고 싶은 점이 있어야 한다. 두번째 직장 상사는 3개 국어에 능통한 실력자였다. 해외영업도 얼마나 잘 하는지, 일하는 모습을 보고 있자면 내 속까지 시원해졌다. 본업뿐 아니라 프랜차이즈 매장도 운영했는데, 자본으로 시스템을 만들면 노동 수입 외의 파이프라인이 생긴다는 걸 처음 알았다.

2022. 7. 6

Unfadable... (#16)

내가 무언가를 시작할 때의 원칙은 단 하나다. "내가 사장인 것처럼 행동하자" 하나를 하더라도 조금 더 입체감 있게 주도적으로 할 수 있는 방법이 없을까 생각했다. 영혼 없이 일하고 대답하면서, 상대방의 기분까지도 망치는 사람이 되고 싶지 않았다.

그래서인지 알바나 일을 그만둘 때마다, 언제든지 다시 돌아와도 좋다는 말을 들었다. 꿀같던 두 번째 직장을 그만둘 때, 다른 일이라도 맡기고 싶다던, 상사분이 참 고마웠다. 그만큼 나를 신뢰하신다는 말이니까.. 지금 같으면 그런 직장을 제 발로 차 버리는 일은 하지 않았겠지만, 그때는 참 철이 없었다. 그래서 더 많은 것을 배우지 못하고 끝난 게 많이 아쉽다.

나에 대한 처우는 나 스스로 만든다고 믿는다. 이제는 남들에게 사랑받아야한다는 부담은 없지만, 내가 하는 일에서만큼은 이런 마음이고 싶다. "내가 사장인 것처럼.. 내가 주인인 것처럼.."

너 참 많이
외로웠구나

2022. 7. 7

Unfadable... (#17)

지금의 집으로 이사 오기까지 수십 채의 집을 보러 다녔다. 충분한 예산이 있는
사람이라면 발품 팔 필요가 없겠지만, 수도권으로 이사 온 이후, 내 집이 더욱 절
실하다는 느낌이 들었다. 이사 날짜가 정해진 것도 아니었고, 급할 것도 없었지
만, 열심히 집을 보러 다녔다. 집마다 집주인의 삶이 묻어나는 데, 집의 가치보다
빛나는 사람.. 집의 가치보다 못하게 사는 사람.. 그리고 마음이 아픈 사람이 보
였다.

유독 지금도 생각나는 그 집은 셀프 리모델링을 잔뜩 한 집이었다. 어설픈 솜씨
로 도배, 페인트, 붙박이장 제작까지 손을 안 댄 곳이 없었다. 집주인은 자신이
만든 붙박이장과 솜씨들을 자랑하기 바빴다. 하지만 내가 보기엔 철거비가 엄청
들어갈 예쁜 쓰레기에 불과했다. 집을 나오면서 마음이 짠했다.

"너 참 많이 외로웠구나.. 이 집을 뜯어고치지 않으면 안 될 만큼 괴롭고 답답했
구나.." 하는 생각이 들었다. 어떤 이는 마음의 헛헛함을 일로 운동으로 공부로
달랜다. 이 집의 경우는 셀프 리모델링으로 달랜 것 같았다. 벽의 도배지라도 뜯
지 않으면, 장롱이라도 옮기지 않으면 가슴이 펑 하고 터질 것만 같은 순간이 나
도 있었기에 동질감이 느껴져 더 가슴 아팠다.

2022. 7. 8

Unfadable... (#18)

정직함의 기준이 뭘까? 매사에 진지한 나는 세상이 도덕 교과서처럼 움직이는 줄 알았다. 내 것이 아니면 욕심내지 않았고, 하지 말라면 하지 않았다. 어릴 적 꽤 비싼 인형이 있었다. 그 시절 대부분의 여아들이 구입했다는 마론인형이었다. 비슷한 모양새를 가진 저렴한 버전의 인형이 있었지만 성에 차지 않았다.

친구들이 가지고 있는 마론인형과 드레스 컬렉션이 갖고 싶던 참에, 동네 언니가 자신의 인형과 옷들을 커다란 봉지에 담아 가지고 왔다. 이사를 가는 데 엄마가 버리고 싶어 한다며 맡아달라고 했다. 언젠가 찾으러 오겠다면 서..

언니의 허락으로 인형을 가지고 놀 수 있었지만, 어느 날부터인가 마음이 편치 않았다. 아예 나에게 준다고 했다면 얼마나 좋았을까? 내 것이 될 수 없다는 생각에 불편함이 날이 갈수록 더해졌다. 언니는 끝끝내 인형을 찾으러 오지 않았고, 나는 내 것이 아닌 인형을 소유하지도 즐기지도 못한 체 진짜로 보관만 하였다.

2022. 7. 9

Unfadable... (19)

초등 1학년, 1교시가 시작하기 전 교과서와 함께 있어야 할 공책이 없는걸 알게 되었다. 우리 학교는 준비물이 없는 아이를 벌주고 무안주기 일쑤인 분위기였다. 공책이 없다고 헤헤거리며 선생님께 애교 부릴 성격도 못 되던 나는, 세상이 무너질 듯 엉엉 울며 집으로 달려갔다.

내 손을 잡고 따라오신 엄마는 교과서 안에 끼워놓은 공책을 빼 보이셨다. 국어 교과서 안에는 보이지 않던 국어 공책이 , 산수 교과서 안에는 산수 공책이 끼워져 있었다.

공책을 꺼내 보이던 엄마와 그걸 지켜보던 반 아이들, 그리고 무표정한 담임선생님.. 무거워진 분위기에 잔뜩 경직된 나.. 무기 없이 전장에 나가는 병사처럼, 매일 벼랑으로 떨어지는 느낌이 들었던 학교생활.. 그럴수록 많은 다짐과 결심, 준비가 필요했다. 나에게 어린 시절은 늘 막막했고 힘든 두려움의 연속이었다.

나를 안다는 것

2022. 7. 10

Unfadable... (#20)

매일 생각했다. 나는 왜 이리 융통성이 없을까? 왜 빨리 친해지지 못할까? 왜 도전이 싫을까? 나는 왜 학창 시절이 불행했을까? 어린 시절을 이야기해주면, 우리 딸이 그랬다. "엄마는 엄마 자신을 사랑하지 않은 것 같아.."

정답이다. 내 안의 보석이 있음을 부정하면서, 끊임없이 다른 나가 되고 싶어 애쓰고 노력했다. 나이가 들어가면서, 책과 여러 가지 자극을 통해 내가 모르던 나를 알게 되었다. 새로운 것, 낯선 것을 싫어하는 나.. 준비 없이 저지르는 것을 두려워하는 나.. 얕게 두루두루가 어려운 나임을 인정하게 되었다.

정리를 좋아하고 비행기나 도서관 안에 차곡차곡 자리 잡고 있는 물건들이 좋았다. 변수가 생기지 않고, 자기 자리가 정해져 있으며, 가이드와 룰이 확실한 것! 뒷일을 짐작할 시간이 있다는 것! 준비할 시간이 주어지는 것! 그것이 나에게는 편안함과 안정감을 주었다. 끊임없이 변주되는 삶 속에서 정리와 결론을 찾아헤매던 어린 날의 나..

힘들고 지쳐 스스로를 구박하는 것 외에 방법이 없는, 잔뜩 풀 죽어 앉아 있는 '어린 나'에게 찾아가 말해주고 싶다. "너는 네가 생각하는 것보다 훨씬 멋진 사람이 될 거란다. 너를 사랑하는 사람이 많지는 않아도 항상 옆에 있을 거란다. 내가 너의 미래를 보고 왔으니, 이제 아무 걱정 말고 너는 너답게 살면 돼"라고..

2022.7.11

Unfadable... (#21)

20살 때 독서토론 동아리에서 만나 지금까지 함께 하는 친구가 있다. 그 아이는 독서논술교사를 하면서 지금도 하루에 여러 권의 책을 읽어 내야 하는 일을 하고 있다. 책과는 뗄 수 없는 인연인가?^^

내가 힘이 들 때는 항상 이 친구에게 하소연을 했는데, 내가 꽤 귀찮았을 텐데도 잘 들어주었다. 나의 어린 시절부터 지금까지의 히스토리를 아는 그 친구가 말했다. "너 그럼에도 잘 컸구나.."

그 말을 듣는 순간 마법처럼 마음 한편이 소독되는 느낌이었다. 그럼에도 포기하지 않고 여기까지 왔음을.. 별게 아닌 모습이어도 그 일상마저도 그냥 얻어진 게 아님을.. 알아주는 그녀의 한 마디가 나를 살렸다.

허허허치

오늘도 ＿＿＿．＿＿ 하늘하늘

꽃자리 지음

오늘도시리즈
여섯 번째

PART 4

사소한 일상에서 만나는
그림책 한잔

꽃 자 리

×

사소한 일상에서 만나는 그림책 한잔을 마신다.
향기를 맡고 천천히 음미하며 한모금씩 마신다.
그림책 한잔의 여유를 부리며 오늘을 산다.

2022. 6. 21

〈날마다 날마다 놀라운 일들이 생겨요〉

새벽에 종종 산책을 가는 곳엔 산수국이 있다.
날마다 놀라운 일들이 생겨나고 있음을 산수국은 나에게 전해주었다.
매일 반복되는 일상, 늘 비슷한 날들의 연속 같지만 아름다운
꽃을 피우기 위해 힘겨웠을 산수국을 바라본다.
생각해보면 모두에게 날마다 날마다 놀라운 일들이 일어나고 있다.
그 소중한 시간을 새겨보는 오늘!

2022. 6. 22

〈웃음은 힘이 세다〉

어느 날 꽃을 보고 멈춰서 사진을 찍는 나를 보고 앞으로 꽃이 없는 길
을 찾아서 다니자고 해서 한참 웃었던 기억이 있다. 그 이야기를 한 사
람이 꽃 사진을 찍어서 보냈다. 이제 꽃을 보면 지나칠 수 없고 내 생
각이 난다고 해서 웃음이 났다. 웃음은 힘을 키워준다.
내 마음속 괴물들을 웃음으로 몰아내고 웃음을 잃지 않기 위해 웃어보
고 또 웃어본다.
오늘도 우리들 마음속 괴물들을 웃음으로 무찌르자.
웃음은 힘이 세니까….

2022. 6. 23

〈삶〉

삶, 이 사람의 줄임말이라는 글을 읽었을 때
내 삶에서도 사람이 빠질 수 없다는 걸 알았다.

삶,
어디로 흐를지 알 수 없지만 흐르고 변하는
그 순간들을 유연하게 받아들이고 싶다.

신시아라일런트 그림책 〈삶〉을 읽고...

2022. 6. 24

〈문장부호〉

개미들은 제비꽃 씨앗의 알갱이를 쏙 떼먹고 그 자리에 제비꽃이 피아난다.
개미와 제비꽃의 공생!

서로 돕지 않고서는 그 무엇도 이루어지는 것이 없다.

난주 〈문장부호〉를 읽고

2022. 6. 28

〈빈화분〉

무엇을 담아야할까?
진실을 담아야한다.
용기를 담아야한다.
나를 담아야한다.

2022. 6. 26

〈아이는 웃는다〉

좋은 사람과 이야기를 나누었다.
좋은 삶이란 마지막에 웃는 것이 아니라 자주 웃는 것이라고 말해준다.
좋은 삶,
자주 웃는 것!
더 이상 웃지 않는 어른을 보고 웃어 주던 아이가
점점 자라면서 잘 웃지 않는 아이가 되어가겠지만
인생은 웃음짓기 충분하다고 가르쳐주고 싶다.
좋은 삶은 자주 웃는 것이니 내가 먼저 웃어주는 연습을 해야겠다.

2022. 6. 27

〈반이나 차 있을까 반 밖에 없을까?〉

내가 바라보는 시선을 어느 곳에 두어야 할까?
반이나 차 있는 긍정과 반 밖에 차지 않은 욕심!
늘 긍정으로 생각해보자 하면서 문득,
채우고 싶은 욕심이 있어야 채울 수 있지 않을까 하는 생각도 한다.
그 경계에서 마음이 늘 이곳과 저곳을 넘나든다.
척, 하며 살고 싶지 않다.
괜찮은 척, 가진 척, 안 그런 척,
그냥 본질대로 나를 인정하는 하루를 살면 된다.

2022. 6. 28

〈아름다운 실수〉

실수를 하고 나면 기분이 좋지 않았다.
아름다운 실수 그림책을 만난 뒤로는 실수를 대하는 태도가 달라졌다.
특히, 규빈이가 실수했을 때 그 실수로 인해
배우게 되는 것을 찾아서 이야기 해주고
아름다운 실수라고 말해 줄 수 있었다.
삶의 서사가 만들어 질 때 그림책은 특별해 진다.
내가 이 그림책을 좋아하는 줄 알고
언젠가 규빈이가 깜짝 선물을 내밀었는데
책방에 뛰어가 〈아름다운 실수〉 그림책을 사왔던 행복했던 그 순간!
결국 실수를 통해 행복한 선물까지 받게 된 우리들의 서사를 떠올린다.
앗, 실수! 실수 하면 어떤가?
그 안에서 우리가 또 무언가를 배우고 성장하는 힘이 되지 않을까?
그걸로 충분하다.

2022. 6. 29

〈백만 번 산 고양이〉

나로 살지 않는 삶을 백만 번 사는게 무슨 소용일까?
단 한번이라도 진정한 나의 모습대로 제대로 사는 것,
그것이 진정한 삶이라는 것을 깨닫게 해준다.

2022. 6. 30

〈이렇게 멋진 날〉

요즘 비가 하늘에서 퍼 붓는다.
이렇게 멋진 날이면
나는 우산을 쓰고 나간다.
이렇게 멋진 날이면
우산에 떨어지는 빗소리를 듣는다.
이렇게 멋진 날이면
나는 이렇게 멋진 날을 실컷 즐긴다.

2022. 7. 1

〈눈 깜짝할 사이〉

눈 깜짝할 사이 6월이 갔다.
눈 깜짝할 사이 시간이 흐르지만 그 시간안에 내 일상이, 나의 낢이 녹아있다.
시간들이 쌓여 큰 변화가 일어나지 않을지 모르지만...눈 깜짝할 사이 시간은 흐르겠지만 그 일상의 행복함들이 도처에 흩어져 있음을 그 순간을 놓치지 않으리라.

2022. 7. 2

〈삶의 모든 색〉

아이의 삶... 이쁨 받는 아이였다.
소녀의 삶... 사춘기도 있었지만 인생의 스승님을 만났다.
자기의 삶... 내가 추구하는 삶이다.
부모의 삶... 정답이 없다.
어른의 삶... 부끄럽지 않게 살고싶다.
기나긴 삶... 나의 마지막 삶은 어떤 모습일까?

2022. 7. 3

〈거리에 핀 꽃〉

아침 산책길 거리에 핀 꽃들을 만난다.
꽃들이 웃어 주는 나의 아침!
거리에 핀 꽃이 위로가 되어준다.

2022. 7. 4

〈나의 엄마〉

엄마라는 두 글자로 모든 독자들은 운다.
올해 칠십인 우리엄마!
자꾸 부르면 눈물이 나는 나의 엄마.

2022. 7. 5

〈기분〉

나 때문에 기분이 좋다는 말을 들을 때 나도 기분이 좋아진다.
몇해전 엄혜숙 작가님을 만났을 때 이런 이야기를 하셨다.

"기분이란 어떤상황에 따른 반응이고,
어른이나 아이나 모든 사람에게는 여러가지 기분이 있다.
나의 기분이나 남의 기분은 똑같지 않으며,
나의 기분이 중요한만큼 남의 기분도 중요하기 때문에 남의 기분을 잘
살펴보고 적절히 행동하는 게 필요하다."

기분좋은 사람이고 싶다.
타인의 기분도 잘 살피는 사람이고 싶다.

2022. 7. 6

〈눈물바다〉

울고 싶으면 실컷 울자.
눈물 속에 버리고 싶은 모든 것들을 버리자.
울고 나면 개운해진다.
울고 나면 시원해진다.
실컷 울고 나면 괜찮아진다.
울어도 괜찮다.
눈물도 멈출 순간이 온다.

2022. 7. 7

〈선〉

올해 이수지 작가의 안데르센상 수상은 어쩌면 너무 늦은 상이 아니었나 싶다. 경계시리즈 거울속으로, 파도야 놀자, 그림자 놀이도 좋지만 며칠 전 〈선〉이란 그림책을 보고 미술을 시작한 아이가 생각났다. 연필의 선으로 탄생하는 그림을 스케이트를 타고 빙판을 달리는 소녀로 표현해 우리나라의 피겨 여왕 김연아를 생각나게 하면서 예술가의 삶뿐 아니라 우리의 삶도 날카로운 스케이트 날을 세우고 나만의 그림을 그려 나가야 한다는 생각이 들었다. 그림으로 표현하는 삶의 모습... 미끄러지고 넘어지는 일이 나만 그런 것이 아님을... 그리고 세상은 나 혼자가 아니고 서로 이끌고 밀어주면서 함께 살아가는 것임을 보여준다. 선, 나는 오늘도 나의 삶이란 스케치북에 선을 그려본다.

2022. 7. 8

〈쿠키 한 입의 인생수업〉

부안 여행을 갔을 때 쿠키 만들기를 하고 그림책을 읽었다.
쿠키 한 입의 인생수업!
쿠키를 먹으면서 읽으면 더더욱 좋은 그림책이다.

서로 돕는 다는 것
밀가루 반죽이 쿠키가 될 때까지
기다리고 참는 것
당당해야 할 때
겸손해야 할 때
.
.
모든것을 안다고 생각하지만
우리는 쿠키의 초콜렛 하나 겨우 알았다는 것.

쿠키 만들기에 인생을 생각해보는 시간이었다.
의미가 부여되면 그림책의 서사는 나만의 것이 된다.

2022. 7. 9

〈사랑하는 아들에게〉

많은 것을 썼다가 지웠다.
사랑한다는 말이면 충분하다.
그 이상 무슨 말이 필요할까?
사랑한다. 규빈아!!

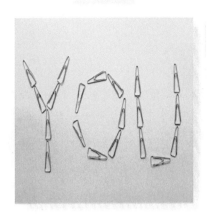

2022. 7. 10

〈너는 특별하단다〉

타인들이 나를 구분 짓는 점표들,
내가 스스로 나를 구분 짓는 점표들,
그 점표들은 일상을 흔들기도 한다.
그러다 점표가 없는 사람들을 만나게 된다.
그러한 점표들에 흔들리지 않는 사람들!!

자존감이란 그런것이 아닐까?
타인이 만들어주거나 스스로 만든 나를 괴롭히는 점표들보다
더 소중한 나 자신을 존중하는 것.

너도 나도 모두 특별하단다.

2022. 7. 11

〈3초 다이빙〉

중학교때 친구들이 날 바다에 던졌다.
난 허우적 거리며 바닷물을 마셨다.
그 기억 때문에 난 물에 대한 공포가 있다.
막상 일어나보니 무릎이었다.
그때 알았다.
접시물에도 죽을 수 있다는 것은 사실이라는 것.
내가 극복하고 싶은 것이 있다.
바로 수영이다.
오늘도 수영장 물을 마셨다.
규빈이는 말한다.
"엄마, 할 수 있어."
그래! 나는 할 수 있어.

꽃자리

오늘도 _____ 하늘하늘

민트초코 지음

오늘도시리즈
여섯 번째

PART 5

아빠에게

민트초코

×

미처 준비하지 못한 채로 아빠를 보내드리게 되었어요.
우리 가족에게 항상 든든하게 자리하고 있었던
아빠를 이렇게나마 기억하고자 합니다.

난아 은견

To. 사랑하고 고마운 할아버지에게

할아버지 안녕하세요?
할아버지, 제가 많이 많이 사랑해요!
살아 계실 때 이 말을 많이 했었어야 했는데.. 죄송해요.
할머니는 엄마, 아빠, 이모, 이모부, 지안이, 저, 오빠, 삼촌..
모두 잘 챙길테니 걱정마시고 할아버지가 잘 계셨으면 좋겠어요!

할 : 할아버지는
아 : 아빠처럼 잘생기시고 다정해요!
버 : 버리는 사랑 하나도 없이 제가 하늘나라 갈 때까지 할아버지 사랑
　　할게요!
지 : 지금은 할머니가 외로우실 수 있는데 시간이 지나면 괜찮을 테니
　　걱정마세요!

할아버지!
엄마를 만들어주신 것도, 엄마랑 아빠랑 결혼해서 제가 태어날 수 있
게 해주신 것도 다 감사해요!
거기서도 친구 많이 사귀시고 즐겁게 놀고 하시다가 또 다시 제 할아
버지로 태어나주세요!
그때는 제가 더 잘할게요.

할아버지 장례식 때 할머니, 엄마, 이모가 많이 울었어요.
그만큼 할아버지를 사랑하는 마음이니 너무 걱정마세요.

- 할아버지를 무한대로 사랑하는 단아 올림 -

당신의 아내 드림

남편은 내 곁을 떠난 지 한달이 다 되어가는데
나는 아직도 옆에 있는 듯 함께 하고 있네요.
잊으려 해도 잊을 수 없는 그날의 생생함..
삶과 죽음이 이렇게도 허망할 줄 알았더라면
더 많이 마음을 표현하며 살았을 것을..
아쉬움과 후회로 마음이 아파옵니다.

혼자 남겨진 현실이 너무도 받아드리기 힘든 생활에
그래도 꿋꿋하게 살아갑니다.
먹을 때도 잘 때도 둘만이 함께한 시간이
항상 머릿속에 남아 있어요.
못해준 것도, 싸운 것도, 모두 잊은 채
시간의 흐름만이 해결할 수 있으려나요.
모든 게 죄스럽고 가슴이 아파와도 이 시간을 이겨내며
산 사람은 살아야겠지요.

46년이란 세월을 함께한 당신..
그곳에선 아프지 않고 행복한 길만 걸었으면 좋겠어요.
인연의 끈으로 맺어 고생만 함께 했지만
항상 나를 사랑해주고 영원한 내 편이 되어준 당신,
고맙고 또 고맙습니다.
이곳의 모든 일은 잊고 좋은 곳에서 편히 쉬세요.
우리도 남은 생 잘 살아볼게요.
이곳 걱정은 말고 내 걱정, 자식 걱정 말고 편히 쉬세요.
감사했어요. 고맙습니다.

- 당신의 아내 드림

작은 딸 은경

사랑하는 우리 아빠 ♡

아빠, 잘 지내고 계신 거죠?
나는 갑작스러운 아빠와의 이별이 아직 실감이 나지 않고
아직 매일매일 아빠 생각이 나고 살아생전 잘해야 한다는 말을 깨닫고 있는 중인 것 같아요..
더 자주 찾아뵙고 전화도 더 자주할걸.
2022년 5월 21일, 아빠와의 통화가 마지막이 될 줄이야.
영상통화하면서 그때 얼굴 못 봤으면 두고두고 후회했을 것 같아.
한달에 한번 밖에 전화드리지 못했는데 수빈이가 전화 자주해줘서 좋다고 말했다고 한 말
듣고,
내가 얼마나 부끄럽고 창피하고 죄송했는지..
바쁘다는 핑계로 더 못 챙겨드려서 너무 죄송해요..
그렇게 아팠으면 말을 좀 해주지.. 어쩜 그리 예고도 없이 가셔요..
늘 무뚝뚝하고 표현하지 못해도 난 항상 아빠의 사랑 느낄 수 있었어요.
이만큼 잘 키워주셔서 너무 감사합니다.
아빠 발인 끝나고 납골당 안치해드리면서 가족들이 아빠한테 하고 싶은 말 할 때
난 성숙이 고모가 하신 말씀이 심장에 와 닿았어.
"오빠, 난 오빠가 우리 가족을 위해 얼마나 힘들게 애썼는지 알고 있어요. 잊지 않을게요.
감사합니다."
어릴적부터 고생만 하신 우리 아빠.
엄마와 결혼하고 우리 세남매 낳고 쓰러지기 전까지도 평생 가족을 위해 일만 하신 우리
아빠.
그렇게 한평생 고생만 하시다가 뇌졸증으로 쓰러지고 일도 못하고 집에 계시면서 얼마나
힘든 시간을 버텨 오셨을까.
아빠의 그 외로운 시간을 보듬어 드리지 못한 것 같아 너무 죄송해요.
아빠 돌아가시고 아빠가 우울증이 있었다는 엄마의 말씀에 또 한번 마음이 쓰립니다.

내가 어릴 적 한때는 아빠가 참 미웠는데..
늘 무섭게만 대해서 어린 마음에 진짜 내가 주워온 딸인가 싶더라고..
아빠와는 언니나 희훈이처럼 닮은 곳도 없는 것 같고 둘째 딸이라 이렇게 날 미워하나 싶
었어요.
아빠한테 혼나고 나면 우는 소리 들려서 더 혼날까봐 이불 속에서 입을 막고 혼자 운 적도
있는데..
그때는 정말 아빠가 너무 미웠어요.
그런데 유찬이 낳고 용인에서 다시 집으로 가면서, 아빠가 나랑 유찬이 데리고 돌아오는
길에 달리던 차를 세우고 펑펑 소리내어 울었던 기억이 잊혀지지가 않아요..
그렇게 자존심 세고 강한 아빠가..
너무 늦게 아빠의 사랑을 안 것 같아요.
나도 자식을 낳아보니 이제야 아빠의 마음을 알 것 같아요.
어린 마음에 아빠의 사랑 헤아리지 못해 정말 죄송해요.
그리고 유찬이 잘 성장하게 도와주셔서 너무 감사해요.
아빠 엄마 아니었으면 어떻게 지금까지 살아왔을까 싶어요.
그 은혜 죽을 때까지, 죽어서도 잊지 않을게요. 정말 감사해요.

혼자 남겨진 엄마가 나도 걱정되지만,
아빠 걱정 안하고 천국으로 가실 수 있도록 남겨진 우리가 더 노력해볼게요.
아빠는 아무 걱정하지 말고.. 천국 가서는 제발 아프지 말고 친구도 많이 사귀고 외롭지
말고 그냥 행복하셨으면 좋겠어요.
그리고 보고 싶으니까 꿈에 한번만 나타나줬으면 좋겠어요.
희훈이 꿈에만 나오지 말고~ 작은딸이 제일 좋다며~ ^^;;
보고 싶어, 아빠.. 항상 내 편이었던 우리 아빠..
이젠 정말 편히 쉬세요.. 사랑해요♡

- 작은 딸 올림

아들 물건

팽이 놀이

나의 어린시절 팽이 놀이는 각자 순서를 정하고 서로의 팽이에 팽이를 찍어누르며 오래 살아남는 사람이 승리하는 방식이었다. 아이들 저마다 흠집이 많이 났지만 승리를 자주 가져다주는 헌 팽이가 하나씩 있었다.

비록 여기저기 상처가 가득하고 옆구리가 뜯어졌지만, 아무렇지도 않다는 듯 빙글빙글 마지막까지 제 역할을 다하고 난 뒤에야 데구루루 미끄러졌다.

세월이 흘러 팽이 놀이를 하던 소년은 31살 청년이 되었고, 비교적 이른 나이에 아버지를 일찍 여의게 되었다.

청년은 어렸을 적 자신이 즐겨하던 팽이 놀이를 회상하며 '아버지의 모습'을 떠올렸다.

상처가 가득하고 자신은 몇 번이고 뜯어져도 아무런 내색 없이 세상에 소외되어도 불평 한번 하지 않으시던 강한 아버지.

어렸을 적 우리는 가장 기쁘고 슬프고 위급한 순간에 '아빠'를 부르곤 했는데 아빠는 마지막 순간에도 자식들 걱정에 부르지 않으셨다.

소중한 순간은 우리를 기다려주지 않는다.

존경합니다. 아버지.
바늘같이 예민하고 삐딱하기만 했던 못난 아들이

마음에 있는 소리

아빠, 단아 편지 잘 읽으셨어?
이건 아빠한테 갑자기 하는 자랑인데,
내 딸은 아빠 딸보다 훨씬 따뜻하고 멋진 아이인 것 같아.
적어도 마음에 있는 소리를 할 줄 아는 아이니까.
아빠 딸은 아빠를 꼭 빼닮아서 마음의 소리는 하질 못하잖아.
어쩜 그런 걸 빼닮게 만들어놔서 이쁜 소리도 제대로 듣지 못하고 가셨어.

그래도 있지.
아빠가 딸들에게 가졌던 마음보다는 미약하겠지만,
그래도 항상 아빠에 대한 사랑은 있었다는 거.
거기서도 보이는 거지?
오히려 같이 있었을 때보다 더 잘 보이는 거 맞지?

애썼어요, 아빠

아빠도 배가 안나왔을 때가 있었구나.
사진 보고 깜짝 놀랐어.
허리 36인치를 입는 뚱뚱이..
내 기억 속 아빠는 항상 만삭 배였는데..
결혼 전에 자식들 아닌 형제들 먹여 살리려고
일만 하고 못먹어서 그렇대, 엄마가.
맞아..?

애썼어요, 아빠.
어릴 땐 형제들 뒷바라지, 결혼해선 자식들 뒷바라지..
애썼어요. 아빠.
사진 보니까, 더 안쓰럽네.

나는 니 엄마 밖에 없어

아빠가 가고 나서 남은 우리는 아침마다 굿모닝 인사를 해.
내가 하자고 했어.
엄마가 걱정되서 하자고 했지.
함께 찍었던 가족 사진 안에 아빠 눈동자가 움직인대.
집에 아빠가 왔던 건가.
아빠도 엄마가 걱정되는 거지?
무뚝뚝하게 화르륵 쏘아붙이다가도 돌아서면

나는 니 엄마 밖에 없어.
우린 싸운 적이 한번도 없어.
우리가 언제 싸웠어?
니가 잘못 봤나보다. 별 이상한 소리를 다 해.

멘트 외웠어.
멘트 상기하니까 아빠 목소리가 들리는 것 같네.
나도 이러는데 엄마는 어떻겠어.

아침 저녁으로 커피를 타고 아빠가 엄마에게 왔대.
아빠 심심하겠다, 아침 저녁으로.
엄마한테 가야 되는데..

엄마도 이곳저곳에서 아빠를 기억해내려,
혹은 없애내려 애쓰고 있어.
아직 이런 말은 이른 건가.

너 맛있지..?

오늘도 우리의 저녁 반찬으로 아빠가 올라왔어.

_ 좋은 고기 사다가 니네 아빠 육회해주려고 그랬는데 못해줬네.
_ 오늘 우연히 냉장고를 열었는데 손바닥만한 갈치가 보였어. 그거 구워줄걸.
_ 커다란 냉면 두 덩이를 해줘도 니네 아빠는 다 먹어. 이야, 참 대단해!
_ 더 더워지면 쓴다고 아껴둔 커피 쿠폰이야. 너 쓸래..? 이거 하나를 못 쓰고 갔
  네..
_ 집에 있는 부식거리들이 줄질 않는다. 저거 다 언제 먹니. 먹을 사람이 없네.

엄마는 아빠 맛있는 거 못해준 게 내내 마음에 걸리나봐.
나는 또 너무 속상해하는 엄마에게 그만 퉁명스럽게 한마디를 쏘아붙였어.

_ 40년 삼시세끼 해드렸으면 됐지, 뭐가 더 해드릴 게 더 있어?
  그동안 잘 드시다 갔어, 앞으로 엄마나 맛있는 거 많이 드셔!

...
울 아빠가 섭섭해하려나..
섭섭하라고 한 말 아닌데, 내 맘 알지..?

아빠가 없는데..

이런 게 무슨 의미가 있어.
나 혼자 기록하는 게.
후회만 가득한데..

그냥 살아 있을 때 용돈 조금 더 줄걸.
검정 마스크 말고 회색 마스크 사달라고 할 때 꿍시렁대지 말걸.
맘모스 빵 그리 좋아하는데 더 사다줄걸.
안경 맞추러 가자 했을 때 그때 당장 가자 할걸.
전기 자전거 더 일찍 갖다줄걸.
넘어졌다고 다친 상처 보여줄 때 더 살펴줄걸.
잔다고 생각하지 말고 깨워볼걸.
그놈의 장어 좀 먹여보낼걸.
...
그지?
이런 게 무슨 소용이야.
아빠가 없는데..

고단했던 아빠 엄마의 청춘

빛바랜 사진 속 아빠 엄마는 아마도 누군가를 축하하기 위한 자리에 다녀온 모양이다.

나의 아빠는 여느 아빠처럼 양복 입고 출근하는 직업을 가진 적은 없어서 내 기억 속 양복 입은 아빠의 모습은 어색하기 그지 없다.

강한 햇빛에 살짝 미간이 흐트러지긴 했지만 그래도 저 정도 표정은 짐작하건대 기분 얼추 좋은 상태..

표현에 항상 궁색하기 짝이 없었던 나의 아빠.

나란히 꽃을 들고 나름 웃고 있는(?),

한때 (나의 느낌으로) 그 시절 가장 '잘생겼다'의 상징이던 장동건과 헛갈리게 했던 나의 아빠.

그런 아빠에게 살포시 팔짱을 낀, 팽팽한 피부를 가졌던 너무나도 적극적인 나의 엄마.

고단했던 아빠 엄마의 청춘도 지나고 나니 아름답게만 보이는 지난 날.

진부한 표현이지만, 다시 오지 않을 시간이라 더욱 아름답게만 느껴지는 그대들의 지난 날.

아빠가 뿌린 새싹들

그대가 뿌린 시간 위에 '나'란 새싹 자라
　그대 미소가 내겐 '햇빛'
　그대 등 내 세상이었던 그때로 돌아가고 싶어
　그대만큼은 아니지만 예쁜 '꽃'을 피워볼게

TV를 보다 문득, 아빠가 생각나는 누군가의 시를 보게 되었어.
한때는 상처를 주고 받기도 하고,
한때는 서로밖에 없었던 지난 날들..
지나고 나면 아무것도 아닌 일 된다더니
이젠 그 기억도 가물가물..

아빠가 뿌린 새싹들 모두 밥 잘먹고 건강하게 잘 지내다
아빠의 등 필요한 그날 되면
그때 다시 따뜻하게 등 내어줄 아빠..

아빠, 안녕……

자다가 새벽에 화장실을 가려고 눈을 떴는데,
별안간 아빠에게 카톡이 왔다.
눈도 못 뜨고 잠에 취해 겨우겨우 내 몸 하나 이끌고 간 화장실이었는데
그 순간 눈이 한번에 떠지더라.
비몽사몽, 당췌 이게 어떻게 된 일인가 돌아오지 않는 정신을 부여잡는데
천천히, 그리고 하나씩 떠오르는 아빠 사진 몇 장..

꿈인가, 드디어 꿈에서 아빠를 보나..
별안간 훅, 찾아온 아빠를
안아주고 싶고,
만져보고 싶고,
인사 없이 떠난 아빠에게
작별 인사해주고 싶었다.

아빠, 안녕……

아부지 보러 한번 가볼까

언제 이런 비가 내렸을까 싶을 정도로 궂은 비가 내리고 있어.
바람은 또 어떻고.
어젯밤엔 창문이 들썩들썩할 정도로 바람이 바람이..
올해는 정말 장마다운 장마란 생각이 드네.

비 오면 울 아부지 자전거도 못타고 엄청 답답해했었는데..
이번주는 답답한 울 아부지 보러 한번 가볼까.
엄마가 엄청 좋아할 텐데.
물론 나도 좋고.
아빠 좋아하는 간식거리 사들고 우리..
이번 주말 번개, 콜..?

나도 그랬겠지

요즘 매일매일 우리집 중2랑 전쟁 중이야.
아빠가 우리 도윤이 많이 컸다고, 잘 생겼다고,
우리집에서 키가 젤로 클 거라면서 엄청 이뻐하고 없는 돈에
용돈도 챙겨주고 그랬었는데..
그 이쁜 놈이 요새 나랑 엄청 투닥거리네.

나도 그랬겠지, 그런 때가 있었겠지.
속도 모르고 다른 친구들 집처럼 잘살았으면 좋겠다고
내 방은 언제 생기냐며 불평했었고,
좁은 방구석도 내 손으로 한번 치워보질 않고,
맨날 손 아픈 엄마를 도와 설거지 한번 한단 소리 하지 않고,
용돈 주면 그저 희희낙락!

말하다보니..
우리집 중2는 날 닮았네.

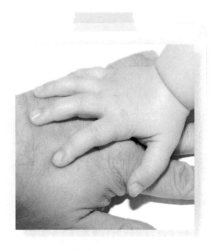

동서남북 뽀뽀

공부를 즐길 수 없었다. 잘하지 못했으니까.
당연히 좋은 대학에 가지 못할 걸 알았다.
큰 기대하지 않고 시험을 쳤고 성적은 예상한 대로 좋지 못했다.
아빠 엄마는 그래도 내가 책상에 앉아 있던 시간이 좀 된다고 생각하셨는지
나에 대한 기대가 있었는데 결과는 좋지 못했다.
결국 나는 지방에 있는 4년제 대학 몇 군데와 집 근처에 있는 2년제 대학에 합격
했다.
4년제 대학을 가겠다는 내 손을 잡고 미안하다고, 아빠가 능력이 안된다고,
2년제 대학에 가면 안되겠냐고 아빠는 눈물을 뚝뚝 흘리셨다.
그리고 돌아가시기 전까지도 그 말씀을 하시며 평생에 후회되는 일이 그 일이라
고 했다.

평생 후회할 만큼 그런 일 없다고,
아빠 덕분에 나한테 잘 맞는 일 찾고 잘 먹고 잘 살고 있다고,
아빠 옆에 있었으면 어릴 적 자주 했던 동서남북 뽀뽀해주며 함께 웃고 싶다.

추억

그전에는 생각지도 못했던 갑작스런 아빠의 부재였다.
뭐든 겪어봐야 안다고 했다.
아빠를 잃고 나니 티비에 나오는 이야기도, 라디오에서 나오는 이야기도..
그냥 스치기만 해도 모두 내 이야기였다.

한참 꽂혀 보고 있는 드라마가 있는데 한가하게 드라마를 보다 아들과 엄마가 짜장면을 먹는 장면을 보고 문득 아빠가 또 생각났다.
우리 아빠는 맛있는 중국집에 가서 식사를 해도 다른 건 일절 고르지 않고 꼭 '짜장면 곱배기'를 드셨었다.

_ 에이~ 오늘은 짬뽕 한번 먹어보지. 짬뽕도 맛있어.
_ 싫어, 맛있으면 너 먹어. 난 짜장면!
_ 그럼 탕수육 시켜줄까? 탕수육??
_ ......

짜장면 곱배기를 그야말로 후루룩 말아드시던 아빠는 안먹는다던 탕수육도 후루룩!
그러고 나면 엄마는 아빠한테 있는 눈치, 없는 눈치 다 챙겨다 그만 좀 먹으라고, 음식 혼자 다 먹냐고 핀잔을 주고 나는 그저 그 장면이 재미있었다.

이젠 그 모든 것이 추억이 되었다.
우리 가족이 현실에 익숙해지는 만큼 기억은 또 서서히 희미해지겠지만 그 희미한 기억도 문득 문득 떠올릴 수 있기를..
더운 여름날 밤에 잠시..
아직은 선명한 그 기억을 떠올리며..

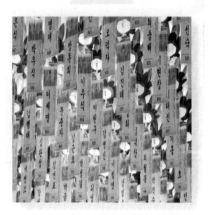

사랑해요. 아빠.

사랑하는 우리 아빠.

잘 지내고 계신 거죠?

저 포함 엄마, 수빈이, 훈이.. 우리는 잘 지내고 있어요.

살아계실 때 아빠한테 따뜻한 말 한번 못해드려 죄송해요.

아빠가 걱정되면서도 겉으로 표현을 잘 못했는데..

이제와 죄송스러운 마음 전해봐요.

아빠가 아빠로써, 남편으로써 최선을 다해 살아오신 인생 덕분에

남은 저희는 오늘도 하루하루를 평안하게 살아가요.

지금처럼 푹푹 찌는 여름날엔 쨍쨍하게 내리쬐는 햇살 바라보며,

가을 되면 선선한 바람 맞으며 떨어지는 낙엽 바라보며,

겨울 되면 차갑게 떨어지는 눈송이 바라보며,

봄 되면 다시 꽃망울 터뜨리며 피어나는 꽃들 바라보며..

이렇게 저희는 늘 아빠와 함께 할 거에요.

남은 가족이 지금까지 무탈하게 살아왔던 건

어찌 보면 모두 아빠의 배려와 헌신 덕분이 아니었나 생각해봅니다.

평생 잊지 않을게요.

세상 그 어떤 말로도 품지 못할 사랑 주셔서 감사했습니다.

세상 그 어떤 말로도 표현 불가능한 저희 마음, 이렇게나마 전해봅니다.

다시 만날 때까지 안녕히..

사랑해요. 아빠.

오늘도 _____ 하늘하늘

아트혜봉 지음

☺
오늘도시리즈
여섯 번째

PART 6

Step 4 - 소신 있게 나답게

아트 혜봉

×

저는 New World에 안착합니다. 꽃마리쌤을 비롯해.. New World에 들어올
수 있도록~도와주신 모든 분들에게-먼저 감사의 마음을 전합니다. 차분하
면서도~벅찬-저의 마음을.. 사랑하는 세나, 하루, 다엘이에게.. 21일간~ 이
야기해 봅니다.

2022. 6. 21

엄마가.. 참 이기적이지..
너희들의 꿈에 집중해야 하는데-
엄마의 꿈에 집중하다니..

2022. 6. 22

엄마는.. 아직도 고민해..
내가 잘하는 것들은.. 도대체 뭘까..?
내가 하고 싶은 일들.. 해도 되나…?
엄마는.. 그리고 생각해..
당장 돈이 되는 일들인지.. 제발 생각해..
지금 먼저 해야 하는 일들 위해.. 포기해..

2022. 6. 23

이렇든 저렇든..
늘 엄마 눈엔-너희들만 보여..

2022. 6. 24

부끄럽지만..
엄마는-"부자가 되게 해주세요"라고 기도해..
너희들도 잘 키우고 싶고-
덕소 할머니&할아버지-집도 차도 사 드리고 싶고-
물감도 캔버스도 붓도.. 주저 없이 척척 사고 싶고..
음…돈이 많이 필요하더라..

2022. 6. 25

그리고-
엄마도.. 좀 화려하게 살고 싶은- 욕심이 생겼어-ㅎㅎㅎ

2022. 6. 26

아무튼..
엄마는.. 매일매일- 쉴 틈 없이 많은 일들을 하고 있어-

2022. 6. 27

엄마는..
계획표를 짤 때-항상 2번이 다이어트야.
(1번은.. 당연히-늘 신앙 점검… ^^;;;)
예전엔- 단지~ 날씬해지고 싶은 목표가 전부였는데..
엄마가 조금 살다 보니…
삶의 여러 부분에서 다이어트가 필요하더라고..

2022. 6. 28

사랑이랑 혜린이가-예중 준비한단 소리 듣고..
엄마가.. 조급해하고-다급해했던 거.. 티 났어?
순간순간-마음을 정비하고 있는 중이야…
친구들이랑 너희들을 비교하지 말라고-늘 말하면서..
엄마도 사실은 잘 안되더라.. 어쩜 이렇게 매일매일 비교하며..
그리고 불안해하며 사는지…
그래.. 우리의 시간을 살자-

2022.6.29

엄마는..
이런 마음과 생각을 좀-배워야 할 것 같아.. 어쩔티비.

2022. 6. 30

엄마는.. 여행을 별로 좋아하지 않던 사람이야. 근데 이제 알 것 같아..
왜 사람들이 여행을 다니는지..
엄마랑-같은 마음일 것 같네.. 제주도-또 가고 싶지..?? 엄마두..

2022. 7. 1

엄마가.. 생각해 봤는데..
사랑한다는 이유로-아픈 말을 참.. 거르지 않고 내뱉는 것 같아.
미안해.. 사랑해.. 고마워..라는 말은-대충 그냥.. 넘어가면서 말이야.
예쁜 표현들을 많이 하려고.. 노력할게..
많이 많이 사랑해..♡

2022. 7. 2

엄마에게.. 항상-1번은-가족이야..
그래서 엄마는.. 너희들을 그리고 싶어..
엄마를 그리고 싶고.. 엄마랑 아빠를 그리고 싶어-

2022. 7. 3

여름성경학교~2박 3일의 캠프를 설렘으로 준비하는-너희들이
너무너무 귀여워..^^
엄마는.. 항상 기도할 거야-♡
우리의 삶 속에서 살아 역사하시는 예수님-꼭 만나게 해달라고..
엄마의 하나님이 아닌.. 세나의 하나님~하루의 하나님~다엘이의
하나님을 꼭 고백할 수 있게 해달라고..
가서~좋으신 성령님을 마음 가득히~꼭 품고 오게 해달라고..

2022. 7. 4

가장 야무지게 사는-꿀팁을.. 엄마가 알려줄게~
하나님께 쓰임 받는 인생이 되렴…^^

2022. 7. 5

그리고.. 되게 재밌어^^
하나님 말씀~하나님 나라~하나님 계획…
이거.. 엄마가.. 진짜 장담해!! 엄마-한 번 믿어봐..^^

2022. 7. 6

엄마랑 아빠가 사랑해서 만나고~ 너희들이 태어나고 자라며…
나름 많은 시간들이 폭폭.. 쌓였더라.
우리의 감정들, 기쁨들, 웃음들, 슬픔들, 고통들, 후회들, 아쉬움 들..
그리고 기대들까지..
우리의 모든 시간들에 의미.라는.. 상을 주고 싶어졌어-
그래서-엄마는… 스토리.가 있는 그림을 그려보려고 해..

2022. 7. 7

예쁘지..?? 엄마는 색들이 너무 좋아…
많은 색을 사용해서~ 우아하면서도.. 깊이 있는..
보면 볼수록-참 좋다..라는 말이 나오는-그림들을 그릴 거야..

*PS-조연수 작가님^^ 예쁜 그림 고맙습니다.

2022.7.8

그렇게.. 반짝반짝~
빛이 나는 그림을 그릴 거야..
엄마의 그림이.. 누군가에게- 빛이 되길.. 소망하며…

*PS-김태용 작가님^^ 예쁜 그림 고맙습니다.

2022. 7. 9

사랑해.. 나의 매일매일을…♡

2022. 7. 10

사랑해~
박혜영.. 너를…♡

2022.7.11

그리고.. 사랑해..
나-다시 당신을 사랑할 수 있을 것 같아..
우리.. 다시 사랑할 수 있을 것 같아..

아드혜봉

오늘도 ___ · ___ 하늘하늘

꽃마리쌤 지음

오늘도시리즈
여섯 번째

PART 7

나의 균형잡기

꽃마리쌤

×

20년 회사 생활, 육아, 나의 균형잡기를
아날로그 감성으로 기록해보고 싶었다.

누구보다 즐거웠고, 가끔 위태로웠고,
그럼에도 버텼고, 워킹맘으로 자주 울었고,
그럼에도 내 일을 할수 있어 감사하다.
나는 오늘도 수많은 감정을 싣고 파도 타기를 즐긴다.

봄철 ㄴ ㅏ 의 '청춘'을

ㄱ ㄱㅓ ㄴ ㅐ ㄴ 본다

(✿ ⌒ ‿ ⌒)

2004년

두번 ㄷr시 오가 않을 인생⊙l 기⊙l게
오늘의i 소중하ㅌ

☆(◉‿◉)☆

ㄱㄱr~♡↖(▽)↗끙~

2005년

웃어봐

ㄷㅕ신은 웃을 때 정말 예뻐

가ㅣ금의 ㄴㅏ도 웃어볼게

ㅁ(ˇ‿ˇ)ㅁ

ㅗ·ㅣㅣ♡·
ㅇㅏ짜ㄱ자
ㅗㄹ·ㄱ·ㅅ·

2006년

친구란 ㉮깝7ㅔ

오㈃ㅐ ∧ㅏ귄 ∨r람

ㅋ◡ㅋ

2007년

혼ⓩ ㅏ ㅇ ㅔ ⓢ ㅓ 둘ㆍㅣ 되ⓒ
결혼 하 ⊏ ㅏ

ㅁˇˇ₥3

"애기야 가자"

2008년

첫 ٥Γ٥١ 출(ㅅ)ㄴ

丶(^‿^)ㆍ

사랑 한트럭 갑니다!!

사랑해
사랑해
사랑해

2009년

나는 엄(마)가 ㅏ 되었다

ヽ(ˇ³ˇ)ノ♡

2010년

일고r 육or 균형 잡기

⊙ __ ⊙

Have a nice day!

2011년

ㅎ占께한 ㅅ ㅣ ㅈㅂ

<(■ˇ‿ˇ■)>

ㄱㄱㅏ~♡↖(▽)↗꿍~

2012년

둘째 Ø┌の i 출산

〜ε 〜✿

빨대
꼽은
보약

2013년

◎ㅋ유
점심시간 산책
ㄴ(^o^)ㄱ 三

메렁~★

일✗ьоі ㈜는 행복

<(■˘◡˘■)>

```
 ┌──────┐  ~♣ 시원한
 │ │▓▓▓│ │  ~~♣바람이
 │ │ ≡ │ │  ~♣ 솔솔
 │ │ 。│ │  시원하지
 └──────┘  (^0^)
```

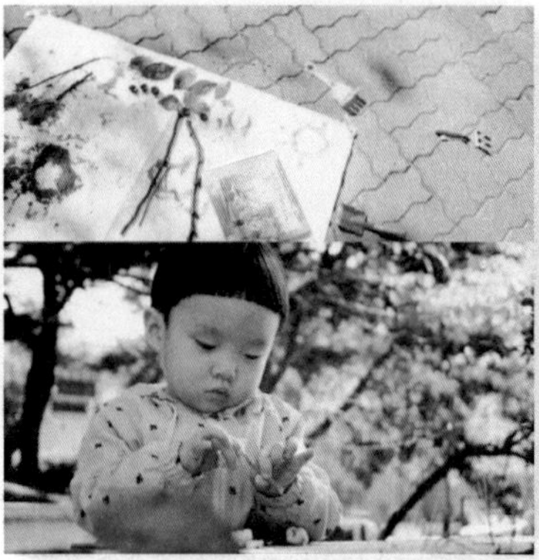

2015년

ㅈr연◎ㅔ 물들다

꽃◎ㅔ 물들ㄷΓ

ε(✿ ˘◡˘)з

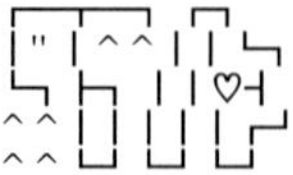

2016년

그림책고ㅏ 사ㄹ□○에 빠ㄱ1ㄷ ㅏ

그림책 읽◎ㅓ ㈜기 봉ㅅ厂

✿◗‿◗✿

```
┌─┐ ~♣시원한
│▥│ ~~♣바람이
│=│ ~♣솔솔
│.│ 시원하지
└─┘ (^0^)
```

2017년

쉼,

여행은 힘이 ㅅㅔ ㄷ ㅏ

◎[▪ ‿ ▪]◎

시원한여름보내기
╱￣╲ ((▼
╲_╱ ▶⊙◀
 │   ▲))
부채 선풍기

ㄴㅐ (ㅁ)ㅏ음을 품◎ㅓ준 곳

회사 뒷ㅅㅂ

ᴧ(◎_◎)⟩

```
┌ ─ ─ ─ ┐  스트레스는
│ 샌 │      ●
│ 드 │ ((◀▦┐-■▷
│ 백 │      < \
└ ─ ─ ─ ┘  날려버려
```

2019년

불ㅇㄴ

두ㄹㅕ움

ㅍ‿ㅍ

\ ● / 팔과다리를
 ■ 좌——악
 / \ 펴봐♡
어ㄸH?! 힘ㄴH☆

2020년

ㄴㅏ를 찾는 연습

(つ 。◕ ‿ ◕ 。) つ

```
   ▯▯▯ ▯▯▯
  ┌─┐ ┌─┐ 피곤하지
  │ 비타 │ 이거먹구
  │ 민♡ │ 힘내~~♡
  └════┘ ( ^ ^ )/
```

2021년

내 자리를 지키는 일

ヽ(^ᴗ^)ﾉ

```
 \●  \●  \●
 /\>  /\>  /\>
 <\   <\   <\
```
항상씩씩하고활기찬하루보내길^▽^

2022년

ㄴㅏㄹㅗⓈㅓㄷr

ㅁ'ᵕ'ㅁ

```
> * //// \ \ \ * <
 | ~    ~ |
 d`●    ●´b
 (○  u  ○)
 ──○────○──
:+: Нацё Д ЙЮё Đay :+:
```

<책만들기파워업 5기>

21일 동안 작가님들과 함께 할 수 있어서 감사했습니다.

신수연

라쌤

해피피치

꽃자리

민트초코

아트혜봉

꽃마리쌤